谷崎潤一郎

[日] 谷崎润一郎 —————— 著　张文宏 —————— 译

疯癫老人日记

上海译文出版社

一

十六日。晚上，去新宿第一剧院看戏。上演的剧目有《恩仇彼岸》《彦市传》《助六曲轮菊》[①]。我只想看《助六曲轮菊》，不想看其他两出戏。虽说堪弥扮演助六不尽如人意，可是听说讷升来演扬卷，那该是多么美艳啊！所以说扬卷比助六更吸引我。老伴和飒子陪我一起去，净吉从公司直接去。看过助六这个戏的只有我和老伴，飒子没看过。老伴可能也看过团十郎演的助六，却没什么印象，她说以前看过一两次上上代的羽左卫门扮演的助六。只有我一人真正看过团十郎扮演的助六。记得那是在明治[②]三十年前后，我十三四岁的时候。那是团十郎最后一次出演助六，他在明治三十六年离世。扬卷由前代的歌右卫门扮演，当时他叫福助。意休由福助的父亲芝翫扮演。那时我家住在本所割下水[③]，至今我仍记得在两国[④]广小路附近有家有名的浮世绘版画店，店名记不清了，店头挂着助六、意休和扬卷的三联幅彩锦画。

我看羽左卫门扮演助六的时候，意休由前代的中车扮演，扬卷仍由过去的福助即当时的歌右卫门扮演。那是一个寒冷的冬日，羽左卫门尽管高烧近四十度，还是哆嗦着跳进了水里⑤。门兵卫是特地从浅草的宫户座请来的中村勘五郎演的，这件事给我留下了深刻印象。总之，我喜爱看有关助六的戏，所以只要听说有助六出场，哪怕是勘弥演的，我也想去看，更何况还能看到自己一直力捧的讷升呢。

勘弥大概是第一次出演助六吧，让人总觉得不够满意。不止是勘弥，最近助六的扮演者都穿着紧身裤，裤子上面还常出现褶皱，这实在令人扫兴，我还是希望他们能在光腿上涂白粉。讷升演的扬卷实在精彩，总算没有白来一趟。且不说从前福助时代的歌右卫门，近期我从未见过如此惊艳的扬卷。我并没有 Pederasty⑥ 的癖好，最近却莫名其妙地迷上了歌舞伎⑦的年轻旦角。当然，素颜出场没有看头，身着女装的舞台形象才能吸引我。啊，对了！我想起来了，也许不能说我完全没有 Pederasty 的癖好。

我年轻时曾经有过一次，仅仅那么一次奇怪的经历。从前，新派里有个叫若山千鸟的旦角演员，是个英俊少年。他属

---

① 歌舞伎代表剧目之一，助六为该剧主人公。
② 明治天皇年号，指 1868 年 10 月 23 日至 1912 年 7 月 30 日。
③ 位于东京墨田区西南部。
④ 位于东京墨田区两国桥一带，域内有国技馆、回向院等。
⑤ 指剧中助六躲进水桶里的场景。
⑥ Pederasty，男子同性关系。
⑦ 江户时代（1603—1867）形成的日本代表性戏剧。始于庆长年间（1596—1615）的阿国歌舞伎，经过少年歌舞伎发展为元禄年间（1688—1704）以戏剧要素为主且采用男扮女装的形式。

于山崎长之辅[①]一座的演员，后来去了中洲的真砂座。年龄稍大以后，他便作为岚芳三郎的配角去宫户座演出，因为他与这个配角长相酷似。说是年龄稍大，其实也就三十岁左右，依然光彩照人，看上去像个半老徐娘，根本看不出是个男人。在真砂座的时代，他演过红叶山人[②]《夏小袖》中的小姐，当时我真的被“她”，不！是被他迷住了。如果能把他请来，让他穿上舞台上的女装，哪怕一夜也行，想拥他入眠。我开玩笑地这么说了一句，在场的老板娘说：“您若有此意，我来促成此事。”就这样，没料到我的愿望实现了，圆满地与他共度良宵。行事之时，他与普通的艺伎并无两样。也就是说他让自己完全变成一个女人，自始至终不让对方感到自己是男人。在昏暗的房间里，他盘着长发，枕着船形枕头，躺在被褥里，还穿着友禅绸[③]料子的贴身长衬衫。他确实有着异常惊人的技巧，让我有了一次不可思议的体验。事先说明一下，他并不是所谓的Hermaphrodite[④]，具备正常的男性器官，只是施以技巧而不让对方感觉到它。

然而，无论若山千鸟的技巧多么高超，从那以后我再也没有与同性发生过关系。因为我本来就没有这种癖好，只是为了满足一时的好奇心而已。如今我七十七岁了，已经丧失了性功

① 山崎长之辅（1877—1924），明治、大正时代的歌舞伎演员，创建了“山崎长之辅一座”剧场。

② 尾崎红叶（1867—1903），明治时代小说家，创立砚友社，著有《金色夜叉》《多情多恨》等小说。

③ 产自京都的一种高级丝绸。

④ 雌雄同体者。

能，可为什么会对女装的美少年，而不是男装的丽人迷恋不已呢？时至今日，难道是青年时代有关若山千鸟的记忆复苏了吗？似乎又不是那样，倒更像是与阳痿老人的性生活有些关联——虽说不行了，但某种形式的性生活尚在……

今天很累，就此搁笔。

十七日。接着昨天的内容继续写。正逢梅雨季节，阴雨连绵，但昨夜特别闷热。剧院里开着空调，可我最怕用这东西。就因为它，我左手的神经痛更加严重，皮肤的麻痹感也加剧了。以前的发病部位是从手腕到指尖，而现在是从手腕向上、直到肘关节都疼痛，有时疼痛还越过肘部波及肩部。

“您瞧瞧，这不是和我说的一样吗？为什么非得来看戏，遭这份罪呢？”老伴说，又补了一句，“还是二流演员的戏。”

“不至于像你说的那样。我只要一看到扬卷的美貌，就算再疼，也感觉不到了。”我被老伴奚落一番，更固执了。我感觉到双手越来越冰冷，就在麻纱外褂上罩了一件单衣，里面还穿着绉纱长衬衣，左手戴着鼠灰色毛线手套，用手帕包着铂金怀炉抱在手里。

“讷升扮的扬卷真漂亮啊！难怪老爷子总是念叨呢。”飒子说。

“你……”刚一开口，净吉又改口说，“你呀，能看懂吗？”①

① 原文中净吉对飒子的称呼由“君”变为“お前”，二者都译为“你”，但“君”较为尊敬，“お前”较为随便。

“虽说不懂演技的好坏，可那扮相、身段美得让人心服口服啊。老爷子，您明天不去看日场吗？《河庄》里的小春肯定也好看。您想看的话，明天就去，怎么样？往后越来越热。”

说实在话，我担心手疼，本来不打算去看日场，可被老伴这么一说，反倒固执起来，决定忍着痛去看明天的日场。飒子其实早就看穿了我的心思。飒子之所以不讨老伴的欢心，就是因为在这样的场合总是无视老伴的存在而一味地迎合我的心情。可能她也喜欢讷升吧，或者对扮演治兵卫的团子更感兴趣……

今天的日场，《河庄》这出戏下午两点开始，三点二十分结束。今天烈日炎炎，比昨天还热。车里也热得让人心慌，但我更受不了凉气，担心再犯手疼病。司机说，昨晚是夜场还好，可现在这个时间出门，肯定会碰上游行队伍，必须从美国大使馆到国会议事堂、南平台的这条线中间横穿过去，所以要提早出发。不得已，我们一点就出发了。今天去的是三个人，净吉没去。

幸好没遇上游行，顺利到达。那会儿正在上演段四郎的《恶太郎》。我们不看这出戏，就走进食堂稍作休息。大家都点了饮料，我点了冰激凌，却被老伴拦住了。在《河庄》里讷升扮演小春，团子扮演治兵卫，猿之助扮演孙右卫门，庄宗十郎扮演夫人，团之助扮演多兵卫，等等。我想起了从前前代的雁治郎在新富座演出此剧的情景。那时，猿之助的父亲段四郎扮演孙右卫门，前代的梅幸扮演小春。今天的戏，大家都认可团子对治兵卫竭尽全力的演绎，但他用力过猛，加之紧张，所以表演显得僵硬。这也难怪，年纪轻轻就出演重量级角色。看他如此努力，我默默祝愿他将来能成大器。我觉得，即便同样是主角，比起演大阪的戏，团子还是选择演江户的戏为好。讷升今天也很漂亮，可我总觉得他演扬卷的扮相更惊艳。后面还有《权三与助十》，我们没看就出了剧院。

“既然来了，就顺便去一下伊势丹吧。”明知老伴会反对，我还是这么说。

“又不怕空调了？大热天的，还是早些回家吧。”老伴果然顶了我一句。

“你瞧!”我举起蛇纹木手杖让她看，“铁头掉了，不知怎么搞的，这东西就是不耐用，两三年准掉。去伊势丹的特卖场看看，没准儿能碰到合适的。”

其实，我还另有打算，但没说出口。

“野村，回去时会不会碰上游行?”

“应该不会吧。”

听司机说，今天有全学联的反主流派游行，两点开始在日比谷集会，好像主要是冲击国会和警察厅周边，所以只要避开他们就行了。

男士用品的卖场在三楼，可那里没有我中意的手杖。我说顺便去二楼看看吧，我们就去了二楼的妇女用品特卖场。整个商场正在进行中元节的促销活动，顾客很多。一个意大利夏季时装展台上挂满了著名设计师设计的意大利风格的高级时装。

"啊，太漂亮了！"飒子连声称赞，挪不动步子。我给飒子买了一条皮尔·卡丹的丝巾，花了三千左右。

"早想买这样的手提包，就是太贵了，买不起呀。"在一个澳大利亚制的驼色女包前面，飒子一个劲儿地感叹着。女包的金属扣上镶嵌着人造蓝宝石，定价是两万多元。

"让净吉给你买吧，也没多少钱。"

"他那么小气，才不会给我买呢！"

老伴在旁边一声不吭。

"已经五点了。老太婆，我们现在去银座吃晚饭，然后回家。"

"银座的哪个饭店？"

"滨作。我早就想吃这家的海鳗了。"

我让飒子给滨作打电话，预约了吧台席上的三四个座位，定在六点过去，还让她告诉净吉，能来的话也过来。野村说，游行持续到深夜，从霞关到银座，十点解散。如果现在去滨作吃饭，八点前动身回家是没问题的，只是需要稍微绕远一些，从市之谷的见附经过九段、走到八重洲口，这样就不会碰上游行队伍了……

十八日。继续写昨天的事。我们按约定的时间六点到了滨作。净吉先到了。我们的座位顺序是老伴、我、飒子、净吉。净吉夫妇点了啤酒，我和老伴点了大杯的煎茶。正餐前的小菜，我俩要了泷川豆腐，净吉要了煮毛豆，飒子要了海蕴。除了泷川豆腐，我还想吃白酱鲸鱼丝，就加了一份。生鱼片是两份薄片鲷鱼，还有两份梅肉海鳗。鲷鱼是老伴和净吉的、梅肉海鳗是我和飒子的。烤鱼只有我要的是烤鳗鱼，其他三人要了盐烤香鱼，汤类四人要的都是陶壶炖的早松蘑菇汤，最后还有一份煎茄子。

“我能不能再点一些？”

“开玩笑吧，这么多还不够吗？”

“也不是不够，只是一到这家店来就想吃关西菜。”

“有爆腌方头鱼。”净吉说。

“老爷子，您能帮我吃了吗？”

飒子面前的梅肉海鳗几乎没动。她想把剩下的让我吃，所以只吃了一两片。说实话，我早料到了她会剩给我——或者这正是今晚的目的——或者说为此而来。

“不好办呐。我早吃光了，盛梅肉的碟子都撤了。”

“我这里也有梅肉呀。”飒子边说边把梅肉和海鳗一起推了过来。

“再单点一份梅肉吧。”

“不必了，这就足够了。”

飒子只吃了两片梅肉，盘子里却是乱七八糟，真不像一个女人吃过的。我想，这或许也是故意的吧？

“我先把香鱼肠子给您留下啦。”老伴说。老伴能把盐烤香鱼的鱼刺剔得干干净净。她把鱼头、鱼刺和鱼尾堆在盘子的边上，像猫舔过一样，把鱼身吃得一点都不剩。而且只把香鱼肠子留给我，这已成了习惯。

“我这儿也有香鱼肠子。”飒子说，“我不太会吃鱼，所以不像婆婆那样吃得干净。”

飒子吃剩下的香鱼确实是一片狼藉，比梅肉还乱。我能猜到这也是有意而为之。

吃饭聊天时，净吉说他这两三天可能去札幌出差，预计在那里停留一周，就问飒子是否愿意一起去。飒子想了想说，虽然想去看看北海道的夏天，可这次就算了吧，因为答应了春久的邀请，约好二十日去看拳击比赛的。净吉只说了句“是吗”，也没再勉强。我们在七点半左右回家了。

十八日早晨，经助去上学，净吉去公司上班。他们走后，我在院子里散步，然后到亭子里休息。虽说到亭子才三十多米远，但最近我的腿脚越发不灵便了，今天就比昨天走路更为艰难。也许是正值梅雨季节湿气增多所致。去年的梅雨季节可不是这样的。两条腿虽不像手那般疼痛、那般冰凉，却莫名其妙地感到沉重、变得不听使唤。沉重感有时到达膝盖，有时直通脚背和脚底，每天都不一样。医生的意见也各不相同，有的说是由于以前轻度脑溢血留下的后遗症导致脑中枢发生了轻微病变，进而影响到了腿部；做了X光检查后，说是我的颈椎和腰椎都弯曲变形了；又说要矫正颈椎和腰椎，需要躺在倾斜的床上牵引头部，还得在腰部打上石膏固定一段时间。我实在不能忍受那种一动不动的姿势，就一直这样凑合着。医生吓唬我说，即便行走不便，每天也必须稍微走一走，不走动的话，以后真的就不能行走了。我走起来摇摇晃晃的，像要摔倒似的，即使拄着紫竹手杖，也得由飒子或者护士陪着。今天早上是飒子陪我的。

“飒子，这个给你。”在亭子里休息的时候，我从和服的袖兜里掏出一沓折得很小的钱塞到了飒子的手里。

“这是什么？”

“这是两万五千元，去买昨天你看上的那个手提包吧。”

“真不好意思。”飒子迅速把钱放进了上衣兜里。

“不过，老伴如果看见你拎着那个包，会不会猜到是我给你买的呢？”

“婆婆当时就没看见呀，一个劲地往前走了。”

我觉得她是在撒谎吧。

十九日。今天是星期天，下午净吉从羽田机场出发了。他刚走，飒子马上就开着希尔曼轿车出去了。飒子的驾驶技术不怎么好，家里的人很少坐她的车，这辆车自然就成了她的专享。她并不是去机场送丈夫，而是去斯卡拉剧院看阿兰·德龙[①]主演的电影《阳光普照》。可能今天也是和春久一起去的。经助一个人在家，一副无精打采的样子。今天，嫁到辻堂的陆子要带着孩子们过来，经助好像在等他们。

下午一点多，杉田医生来出诊。原来佐佐木护士见我疼痛

① Alain Delon，法国男演员，代表作有《怒海沉尸》《豹》《佐罗》等。

难忍，非常担心，就打电话请了医生。根据东大梶浦内科的诊断，确定我大脑中枢的病灶现在基本治愈了，这说明疼痛并非来自脑部，而是风湿性疼痛或神经痛之类。杉田医生建议我去矫形外科检查一下，所以前几天我去虎之门医院拍了X光，发现颈椎附近有阴影。医生严肃地告诉我，如果手部疼痛加剧的话，说不定是癌症，还让我做了颈椎的断层扫描。幸好不是癌症，但是第六颈椎和第七颈椎都变形了，腰椎也变形了，只是没有颈椎那么严重，手部的疼痛和麻痹就是这么引起的。为了矫正，需要做一个方便滑动的木板床，下面装上滑轮，让它倾斜成大约三十度。起初，每天早晚在上面躺上十五分钟左右，同时把头放进一个名为“Glisson氏带”（让医疗器械厂家根据自己头部尺寸制作的一种颈部牵引器）的器械中，靠自身的重力拉伸颈部。逐渐增加时间和次数，据说坚持两三个月就能治好。大热天里我实在不想受这份罪，可又没有其他更好的治疗方法，所以杉田医生劝我试试看。我也不清楚自己能否坚持做下去，决定先找个木匠制作活动木床和滑轮，再找医疗器械店的人来测量我的头部尺寸。

两点左右陆子来了，她带着两个孩子来的。听说她的大儿子出去打棒球了，没有来。秋子和夏二立刻进了经助的房间，三个孩子好像计划着去动物园。陆子只向我寒暄了两句，就去小客厅和老伴没完没了地聊起来了。母女俩向来如此，并不稀奇。

今天确无可写之事，那么此刻倾诉一下我的心结。

也许人至暮年皆如此吧。近来我没有一日不在思考自己的死亡，我并不是最近才开始思考的。很久之前，大概从二十岁起就开始思索这个问题了，而最近越发严重了。“莫非今天我就要死去吧。”一天中会有两三次这样的想法。我并没有恐惧感，年轻时曾感到巨大的恐惧，如今反而觉出几分乐趣。另一方面，我还仔细地、慢慢地想象着自己死时和死后的情景。我不想在青山殡仪馆举行告别仪式，想把棺材放在自己家朝着院子的那个和式房间里。这样的话，便于吊唁者从正门经过中门，沿着踏脚石①来上香。我可不愿听到笙箫齐鸣的奏乐，只愿觅得一知音，为我抚琴低吟，像富山清琴②那样弹奏一曲《残月》就足矣。

青青枝叶藏岩间，
皎皎明月映海面。
早觉世间光与梦，
愿住真如月之宫。
……

我仿佛听到了清琴的吟唱。我觉得我现在应该已经死了吧，可还是能听到乐声，还听到了老伴的哭泣声。五子、陆子

① 日式庭院里为行走而安放的稍有间隔的平坦石块，易于行走，兼顾美观。
② 富山清琴（1913—2008），日本民谣、筝曲演奏家，大阪人，主要作品有《砧》等。

都跟我合不来，总是和我怄气，可她们也在放声痛哭。飒子一定无动于衷吧，说不定也会哭几声，至少也得装个样子吧。我死的时候会是一张什么样的脸呢？希望像现在一样富态，看上去有些面目可憎……

“老爷子……”

写到这里，老伴突然领着陆子走进来了。

“陆子说有事要请您帮忙。”

陆子要我帮忙的事情是这样的。她的大儿子阿力还是大学二年级的学生，已经有了女朋友，想结婚。虽说早了点，陆子夫妇也同意了。但是让两个年轻人去住公寓、单独生活，陆子夫妇又不放心，所以打算在阿力大学毕业找到工作之前让他们先住在家里。这样一来，现在辻堂的住宅就太小了。就算没有这事，陆子夫妇加上三个孩子已经很拥挤了，再说，儿媳妇嫁过来迟早要生孩子的。所以陆子夫妇想借此机会换一所宽敞的洋房。也是在辻堂那一带，只隔五六条街的地方，有座非常合适的房子出售，夫妇俩特别想把它买下来，可是还缺两三百万。一百万左右还能凑得出，再多的话，眼下有困难。当然不是让老爷子拿出这笔钱。他们打算去银行贷款，想问老爷子能不能帮忙支付两万的利息，明年就还上。

“你们不是有股票吗？卖掉它不行吗？”

“要是把它卖了，我们真的就是一文不名了。”

“就是啊，最好不要动用股票。”老伴在旁边帮腔。

“是的，那是以备不时之需的。”

“说什么话呢，你丈夫不是才四十多岁吗？这么年轻就丧失气概，可不行啊。”

“陆子出嫁后从来没有为钱求过娘家，这是第一次。您就帮帮他们吧。”

“虽说只有两万，可是三个月过后，利息还不上，怎么办？”

“到时候再说吧。”

“那样的话，可就没完没了，不妥。”

“鉾田本不想给您添麻烦的，他说怕时间长了，房子会被别人买走，请您救个急。”

“利息那点钱，你妈总能拿得出来吧。”

“让我出钱？太过分了！您给飒子买希尔曼轿车就有钱了？”

被老伴这么一说，我生气了，下决心拒绝陆子。这时，心情反倒轻松了。

“我考虑一下再说吧。”

“今天您不能答复吗？”

“最近要用钱的地方太多了啊。”

母女俩嘟囔着走出了房间。

受到了意外的干扰，刚才我的内心倾诉被中途打断了，接着再写一点。

五十岁之前，我对于死的预感格外恐惧，但如今荡然全无，可以说我在人生之旅中早已疲惫不堪，何时死去都无所谓了。前几天我在虎之门医院做断层扫描的时候，被告知可能患癌，陪同的老伴和护士都大惊失色，我却很冷静。我也没想到自己会如此冷静。想到漫长的人生将走到尽头，不知为何却释然长叹，放下心来。我对“生”毫无眷恋。可是只要活着，我总是无法抗拒异性的吸引。我预测这种心情会一直持续到自己死亡的那一瞬间。久原房之助①曾声称“就是九十岁还想再生个孩子”，我没有他那样的精力，我已经是个彻底的性无能老人了。虽说如此，我还能用各种变形的或间接的方法来感受性的魅力。现在的我就是靠着那样的性欲和食欲的乐趣而活着的。似乎只有飒子隐隐约约地觉察到了我的心思。在这个家里只有飒子懂我，其他人都不了解我。她似乎在用间接的方法一点点地试探我，观察我的反应。

我自知是一个邋遢的、满脸皱纹的糟老头。晚上睡觉时，摘下假牙后一照镜子，发现自己长着一张很奇怪的脸。上颚和下颚之间一颗牙也没有，也没有牙龈。一闭上嘴，上唇和下唇就瘪了进去，而且鼻子快耷拉到下巴上了。这真的是自己的脸吗？我惊愕不已。甭说是人类，就连猴子也不会长得这般丑陋。凭这张脸想讨得女人的芳心，简直是做梦。另一方面，对于我这个自认为毫无资格吸引女人的老人，人们反倒更放心，这正是我的可乘之机。利用可乘之机能干什么呢？我既无资格也无能力，但能够大胆地接近美女。自己丧失了性能力，作为

① 久原房之助（1869—1965），日立公司创始人，实业家、政治家。

补偿，我要教唆美女勾引美男而引起家庭纠纷，然后幸灾乐祸地看大戏……

二十日。看起来净吉现在不是那么爱飒子。也许是生了经助之后俩人的感情慢慢变淡了吧。净吉常去出差、旅游，即便在东京也总是出入宴会，深夜才到家。也许在外边有了女人，可又无法确定。现在他对工作的热情好像远远超出了对女人的兴趣。以前净吉和飒子也曾有过热恋的甜蜜时代，但净吉没有常性，可能是来自我这个父亲的遗传吧。

我是个放任主义者，所以不会强行干涉他们。可老伴反对净吉和飒子结婚。飒子说自己在NDT① 做过舞蹈演员，但她在那里只待了半年，之后又干过什么？好像去过浅草一带的剧团，又好像在某地的夜总会里待过。

“你没跳过脚尖舞吧。”

她听到我的问话，是这样回答的：

“不跳脚尖舞。我曾想当芭蕾舞演员，接受过一两年的芭蕾舞训练，所以能用脚尖稍微站立一会儿。哎，不知道现在还行不行呢。”

“好不容易学了那么多，为什么放弃了？”

“因为脚会变形嘛，会变得丑陋不堪。”

“所以就半途而废了？”

---

① 日本剧场舞蹈团的简称。

“我不想让自己的脚变成那样。”

“变成什么样啊？”

“什么样？那可难看极了！脚指头全都磨出茧子、红肿，连脚指甲都掉完了。”

“现在你的脚不是挺好看吗？”

“本来比现在更好看的。就因为跳芭蕾磨出了茧子，变得难看了。停了芭蕾后，我想尽办法让脚恢复原样，每天用浮石啦、锉刀啦这类东西来磨脚。不过，还是恢复不到以前的样子哟。”

“是吗？让我看看。”

没料到我有机会去触摸她的光脚。她把双脚伸到沙发上，脱下尼龙袜子让我看。我把她的脚放到自己的膝盖上，把五个脚指头一个一个地捏了捏。

“摸着很软，哪有茧子呀？”

“您再仔细摸摸呀，使劲儿按这儿试试。”

“哎，是这儿吗？”

“是呀。还没完全恢复好呢。芭蕾舞演员有什么好的，一想到脚那么受罪就很烦啦。”

“列别申斯卡亚①的脚也是那样的吗？”

“当然啦！我在训练时好几次从鞋里流出了鲜血呢。不仅仅是脚，就连小腿肚的肉都快没了，像体力劳动者那样干巴巴

---

① Olga Lepeshinskaia（1916—2008），俄罗斯著名的芭蕾舞女演员。

的。胸部变得扁平，乳房也没了，肩膀的肌肉变得简直就像男人那么硬。舞台上的舞蹈演员差不多都会变成这样的，幸亏我没去跳。”

飒子确实是用自己的姿色迷倒净吉的。不过，她虽然没有正经上过学，脑子却不笨。她不愿服输，嫁到我家后开始认真学习，渐渐能说一点法语和英语。还学会了开车，喜欢看残酷打斗的拳击。此外，她还喜欢插花，一草亭①的女婿每周从京都来东京教她两次插花，每次都带一些名贵花卉。她跟着师傅学的是“去风流”派。今天她在青瓷水盘里插了芒草、三白草和泡盛草，摆在我的房间里。我顺便也换了一幅字画，那是长尾雨山②的书法。

柳絮飞来客未还，
莺花寂寞梦空残。
十千沽得京华酒，
春雨阑干看牡丹。

二十六日。想必是昨夜吃多了凉拌豆腐，从半夜开始闹肚子，折腾了两三次。吃了三片消虫痢也没能止住，今天又折腾了一整天。

---

① 西川一草亭（1878—1938），日本“去风流”插花派的第七代传人。
② 长尾雨山（1864—1942），日本明治时期的汉学家、书画家。

二十九日。下午，叫上飒子开车去明治神宫一带兜风。本打算瞄准时机俩人出去溜达一圈，没想到被护士发现了，她非要陪着去不可，这下就没意思了。不到一个小时就匆匆回家了……

二日。几天前血压有升高的趋势。今天早晨是180/110，脉搏100。护士让我服下了两片血安平、三片卡溴脲，可我的手还是冰凉，疼痛更加剧烈了。以前无论多痛都不会因此睡不着，可昨夜直到半夜还未入睡，痛得难以忍受，就叫醒了佐佐木护士，让她给我打了止痛针。这个药见效倒是很见效，但过后感觉不太舒服。

"老爷的矫正环和活动床已经做好了，您下决心试试吧。"

我虽不太情愿，可看身体已是这般糟糕了，也想试试。

三日。……我试着把矫正环套在脖子上。它是用石膏做的，从脖子顶到下巴。这样套着并不觉得疼，可头部完全不能动弹，上下左右都不能扭动，必须直盯着前方。

"简直就是地狱里的刑具啊。"

今天是星期天，净吉也在家，他和经助、老伴、飒子都一起围过来看热闹了。

"哎呀，爷爷真可怜。"

"这样的姿势要坚持几分钟？"

"得治疗几天？"

"还是算了吧，对老人来说，太受罪了。"

我听见大家在旁边吵吵嚷嚷地说着。因为不能扭头，所以看不到他们的表情。

最后决定摘掉矫正环，躺在活动床上只做颈部牵引，即所谓的"Glisson氏牵引"。开始的时候早晚各做十五分钟，使用比矫正环更柔软的布吊住下颌，所以没有矫正环那么紧绷，但脖子还是不能扭动，只能盯着天花板了。

"好了，十五分钟到了。"

护士看着表说。

"第一次治疗结束啦。"

经助一边说着一边向走廊飞奔而去。

十日。牵引从开始至今已经一周了。从十五分钟延长到二十分钟，稍微增加了活动床的倾斜度，这样就加强了对下颌的牵引力度。但是丝毫没有效果，手仍然疼。护士的意见是要做两三个月才能有效果，可我觉得自己坚持不下去了。晚上全家人聚在一起商量对策。飒子说，这种疗法对于老人来说不太合适，大热天先停一停，最好还是想想其他办法。她还听一个外国人说，美国的药店有一种叫德尔辛的药，虽不能根治，但每天吃三四次，每次三四片，就能止痛。听说特别见效，所以就买来了，可以试试。老伴说请住在田园调布[1]的铃木来针灸一

① 东京都大田区西北端濒临多摩川的高级住宅区。

下吧，也许针灸能治好，不妨一试。于是老伴就给铃木打电话，说了很久。铃木说他非常忙，希望我能去他家治疗，如果出诊的话一周只能两三次。铃木又说虽没见到患者，但根据老夫人陈述的病情，大概可以治愈，需要两三个月的时间吧。几年前我心脏早搏一直不好的时候，以及头晕胸闷的时候，铃木都给我治好过，所以这次决定还请他，从下周就来。

本来我的身体很健康。从少年时期一直到六十三四岁，除了做痔疮手术住过一周医院外，没有得过什么大病。六十三四岁得了高血压，六十七八岁因轻微脑溢血躺了一个月左右，但都没感受到肉体疼痛的折磨。七十七岁的喜寿庆典之后我才感到肉体的疼痛。起初是左手疼，发展到肘部，又从肘部到肩部，接着从脚到腿也疼起来，两条腿都疼，行动日渐不便。人们可能会想：如此生存下去有何乐趣？我自己也这样想过。但不可思议的是，我的食欲、睡眠和大便都很正常，这也算是不幸中的万幸吧。医生不让饮酒、也不让吃辛辣刺激的食物，可我的食欲比一般人都好。听说适当吃些牛排和鳗鱼之类的也无妨，这些我都吃得有滋有味。我的睡眠也很好，常常睡过头，加上午睡，每天睡眠九到十个小时。我每天两次大便，尿量也多，还要起夜两三次，却从不影响睡眠质量。半醒半梦地排尿，事后倒下便能酣然大睡。偶尔也会因手疼醒来，但迷迷糊糊的，虽觉得有点疼，还是不知不觉又睡着了。实在疼痛难忍的时候，打个止痛针又立刻入睡了。我就是这样才活到今天。否则，可能早已不在人世了。

“您说手疼呀、走不动呀，看您挺会享受生活的。疼痛什么的，不会是撒谎吧。”也有人这么对我说。可我没有撒谎。只是有时剧烈疼痛、有时隐隐作痛，不是一个持续的状态，甚至有时毫无痛感。它似乎随着天气和湿度的波动而变化。

奇怪的是，就算疼痛时还有性欲。应该说疼痛时性欲更强。或者说对于让我碰钉子的异性，我更能感觉到其魅力，更会被迷得神魂颠倒。

这算是一种“嗜虐”倾向吧。我并不是从年轻时就有此倾向的，而是上年纪后才逐渐变成这样的。

假设这里有两位同样漂亮、同样令我心动的女性，A女温和、诚实、体贴；B女冷漠、虚伪、狡诈。这时，如果问我会钟情于哪个女人，现在的我敢肯定地说，比起A女，我更对B女感兴趣。不过，在美貌上B女绝不能逊色于A女。说到女人的美貌，我有自己的偏好，从容貌到身材都要符合我的审美才行。我不喜欢高鼻梁、面部立体的脸蛋，最重要的是脚要细白、人要骄奢。在其他各种优势大致匹敌的情况下，品行不端的美女更让我着迷。有的美女会偶尔面露凶相，我最喜欢这类的。一看到这种面相的美女，我就会猜想她不单是面相，性格也残忍，希望她就是这种类型。以前，泽村源之助[①]的舞台扮相就有这种感觉。在法国电影《恶魔》中扮演女教师的西蒙·西涅莱、最近走红的炎加世子等都是这种蛇蝎美女的面相。实

① 日本著名歌舞伎演员，擅长饰演刁妇角色。

际上这些女人可能也是善良之辈，倘若她们真是毒妇，就算不能与她们双栖双飞，至少也要与她们毗邻而居，能够靠近她们，那该多么幸福啊……

十二日。……即使是坏女人，也不能让人觉察到那种露骨的恶意。越坏就越要聪明伶俐，这是必备条件。坏也是有限度的，有盗窃癖、杀人癖者固然令人切齿，但也不能一概而论。我明知她是一个趁客人熟睡时行窃的女人，反而更被她吸引，得知她是个小偷后仍然与她发生关系，因为我无法抗拒她的诱惑。

我大学时代有个叫山田湿的同学，是个法律学士，在大阪市政府工作，很早就去世了。他的父亲是个资深律师，明治初年曾为高桥阿传①做过辩护。据说他常对儿子谈起阿传的美貌，说她妖艳、妩媚，说自己迄今为止没见过如此妖冶的女人。所谓妖女，说的就是她那种人吧，就算被这样的女人杀死也心甘情愿。听说山田湿的父亲一有机会就感慨万分地对儿子唠叨这些。我活得再长久，也不会有什么特别的艳遇。如果阿传那样的女人再来世间的话，倒不如被她亲手杀死，也许那样最幸福吧。至少也比现在遭受手脚疼痛的折磨好多了，干脆被虐杀死掉算了。

我之所以喜欢飒子，大概是因为从她身上多少能感受到那

---

① 高桥阿传（约 1850—1879），出生于日本上州，因毒死丈夫被判处死刑。她被视为世间罕有的毒妇，以其为题材的作品有假名垣鲁文的《高桥阿传夜叉谭》。

样的幻影吧。她有点心术不正、尖酸刻薄，而且爱撒谎；婆媳关系、姑嫂关系她都处不好；对孩子也缺乏爱心。刚结婚时她不是这样的，近三四年明显变样了。这多少与我对她的挑唆、诱导也有关联。她本来没那么坏，即便是现在，她的本质也是善良的。但不知什么时候，她有了故意装坏的嗜好，还以此为荣。她可能看出来这样的做法很受我这个老人的欣赏吧。不知是何缘故，比起那几个亲生女儿，我更宠爱她，不希望她与女儿们关系融洽。她越刁难她们，我对她就越痴迷。这样的心理状态是最近才有的，而且越来越走向极端。忍受病痛的折磨、不能享受正常的性快乐，这些真的会扭曲人的本性吗？如此说来，我想起了前几天家里发生的那起风波。

经助已经七岁了，上小学一年级。但是飒子至今未再生育。老伴怀疑飒子是在有意避孕，怎么看都像是那样。我心里也嘀咕可能就是这么回事，可在老伴面前却否定说“不会那样吧”。老伴忍不住向净吉唠叨这件事。

“没有那回事啊。”净吉笑着搪塞她。

“一定是的，我心里有数。”

“哈哈，那你自己去问飒子。”

“有什么好笑的！这是正经事。你可不能太宠飒子啊，因为她根本就没有把你放在眼里。”

终于，净吉把飒子叫过来，让她向老伴讲清楚。我断断续续听见飒子那尖细的说话声。婆媳二人争执了一个小时左右，最后老伴让我出面解决。但我没去，所以也不知道详情。后来听说飒子被老伴教训一番后，竟然进行了还击。

飒子说，“我不太喜欢孩子”“听说死灰[①]还在飘落，生那么多孩子，可怎么办呀”，等等。

老伴也不甘示弱，“你背着我是不是直呼你丈夫的名字‘净吉’？虽说净吉在我面前称呼你的时候用了‘你’，但在外人面前他对你用的不都是敬称吗？肯定是你让你丈夫这么叫的。”就这样越扯越远，没完没了。老伴和飒子都发起飙来，净吉谁也劝不住。

“既然这么讨厌我们，就让我们搬出去住吧。当家的，你说行吗？”飒子这么一说，老伴就接不上话了。老伴和飒子都很清楚，我是绝对不允许他们搬出去的。

“照顾老爷子的事情，交给婆婆和佐佐木护士就行了。对吧，当家的，就这么办吧。”

飒子看到老伴完全妥协了，就更起劲了。事情到此告一段落。后来，我觉得还挺遗憾，不如去看看那争吵的场面，肯定有意思。

“梅雨天快过去了吧。”

今天老伴又来到了我的房间，她还在纠结那天的争吵，显得比平时憔悴了几分。

“今年倒没怎么下雨啊。”

---

① 原子弹释放的放射物。

“今天是盂兰花市[①]啊，想起了选墓地的事，怎么办好呢？”

“不必着急。我前几天已经说过了，讨厌东京的墓地。虽说自己是地地道道的老东京人，却不喜欢如今的东京。在东京买墓地的话，说不定什么时候因何理由就被强行迁到别的地方了。什么多磨墓地呀，没有一点东京的感觉。我可不想被埋在那种地方。”

“这个我知道。您不是说要在京都买，还要在下个月的‘大文字’[②]前定下来吗？”

“还有一个月呢，就让净吉跑一趟吧。”

“您不亲自过目，能行吗？”

“这么热的天，我这身子骨恐怕去不了。这事儿推迟到秋分吧。”

我和老伴在两三年前就请僧人给起了法名。我的法名是琢明院游观日聪居士，老伴的法名是静皖院妙光日舜大姊。我不喜欢日莲宗，所以想改成净土宗或天台宗。不喜欢日莲宗的主要原因是，须叩拜佛坛上供奉的头戴棉帽的泥人般的日莲上人像。我希望自己能埋在京都的法然院或真如堂的附近。

“我回来了。”

下午五点左右飒子过来了。她与老伴撞个正着，于是特别恭敬地行了礼。老伴立刻离开了我的房间。

---

① 日本出售盂兰盆节祭祀用的花草、灯笼等用品的集市，多设于阴历七月十二日晚至次日早晨。

② 盂兰盆会的例行活动之一，主要指在京都市东山的如意岳半山腰点燃的“大”字形篝火，以此指引祖先的灵魂回到人间。

“今天一大早你就不在，去哪儿了？”

“去逛商店了，和春久去饭店的西餐厅吃饭，接着去了异乡人服装店试穿衣服，然后又和春久会合，一起去有乐座看了电影《黑人奥尔菲》……”

“你的右胳膊怎么晒得这么黑啊？”

“这是昨天去逗子[①]兜风晒的。”

“还是和春久一起去的吧。”

“是啊。春久开车不行，所以来回都得我开车。”

“只有一个地方晒黑的话，别的地方就显得特别白啊。”

“因为方向盘在右边，开车转一天，自然就晒成这样啦。”

“看你脸色发红，玩得很开心吧。”

“是吗？也没怎么兴奋。不过，布雷诺·梅洛还不错哟。”

“你说的是谁呀？”

“他是《黑人奥尔菲》里的黑人主角。这个电影是根据希腊神话里的奥尔菲传说改编的，主人公是里约热内卢狂欢节上的一个黑人，这个电影全是黑人演员。”

“有那么好看吗？”

“据说布雷诺·梅洛是足球运动员出身，没演过电影。在这个电影里他饰演电车司机，一边开车一边不停地朝着街上的女孩子们抛媚眼。他那放电的样子太帅了！”

“我就是看了，也不会觉得多么有意思的。”

---

① 位于日本神奈川县三浦半岛，濒临相模湾，是著名的别墅区和海滨浴场。

“为了我，您能去看吗？”

“你要带我再看一次？”

“我陪您去的话，您看吗？”

“可以。”

“这个电影我百看不厌——因为一看到他那张脸，我就想起了自己以前崇拜的莱奥·埃斯皮诺萨。”

“怎么又蹦出来一个怪名字？”

“莱奥·埃斯皮诺萨是菲律宾的拳击运动员，参加过轻量级世界锦标赛。他也是黑人，虽然没有布雷诺·梅洛帅气，可总觉得两人有相似之处，就是抛媚眼时特别像。埃斯皮诺萨没有以前好看了，以前他真帅啊。所以自然就想起了他。”

“我只看过一次拳击呀。”

这时，老伴和护士来了，告诉我该上活动床了。飒子趁机更加夸夸其谈。

“埃斯皮诺萨是来自菲律宾宿务岛的黑人，擅长左直拳。他笔直地伸出左臂，将对手打倒后马上收回。他‘嗖嗖’地收回长拳的动作太棒啦！进攻时他总爱发出‘嘘嘘’的叫声。对手直击过来，一般情况都是左右躲闪，可他却是上身猛地向后一仰。我觉得他身体的柔软度太不同寻常啦！”

“哈哈，怪不得你喜欢春久，原来是因为他的皮肤黝黑，和黑人很像呀。”

“春久的胸毛很浓，可黑人不是这样的，他们大汗淋漓时肌肤光亮，魅力挡不住啊。我一定得拉着您去看一次拳击。”

“拳击手里面很少有美男子吧。”

“因为很多人的鼻子都被打瘪了。”

“和摔跤比，哪个好看？”

“摔跤多是观赏性的，看上去打得鲜血直流，其实没动真格。”

“拳击也会流血啊。”

“对，会流血呀。击中嘴部时，有时护牙套都被打飞了，碎成三瓣呢。不过，拳击不像摔跤那样是故意做给人看的，所以流血不多。一般都用头猛撞对方的脸部，有时眼睑都被打裂了。”

“少夫人去看这样的比赛吗？”佐佐木护士突然插嘴。老伴一直呆呆地站着，好像马上就要逃开似的。

“不单单是我，很多女人都去看呢。”

“要是我的话，会被吓晕的。”

“看到血，多多少少能让人兴奋，还能让人愉快啊。”

就在我们聊天时，我开始感到左手剧烈疼痛起来。尽管疼，我却感到一种极度的快感。一看到飒子那居心叵测的表情，我的手就越来越疼，快感也随之越发强烈了……

二

十七日。昨夜，盂兰盆节的送灵火仪式[1]一结束，飒子马上就出门了。她说要去京都看祇园会[2]，就坐了夜班电车赶往京都了。春久不畏酷暑，说还要给庙会摄影，所以昨天就先去了京都。电视台的人住在京都宾馆，飒子住在南禅寺，她说二十日（星期三）回来。她和五子的关系不怎么好，无论如何都住不长……

“什么时候去轻井泽[3]？暑假孩子们一过来可就热闹啦，最好还是早点去。”老伴说，“二十日入伏吧？”

“今年怎么办呢？——像去年那样待长了也没意思啊。其实，我和飒子约好了，二十五日去后乐园体育馆看日本全国最轻量级拳击锦标赛。”

“真是不自量力啊。去那种打打闹闹的地方，不伤着就万幸了。”

二十三日。……写日记这件事是因为我对写作有兴趣才写的，而不是为了写给谁看的。由于视力急剧下降，不能长时间看书，又没有其他的消遣方法，为了打发时间就想写点什么。为了看得清楚些，我用毛笔把字写得很大。我不愿让别人看到自己的日记，就把它们放进了便携式保险柜里，现已增加到五个保险柜了。我琢磨着还是把它们都烧掉为好，但转念一想，保留下来也不是什么坏事。不时地翻出以前的日记看看，会因自己变得如此健忘而惊讶。我觉得一年前的事情简直就像刚刚发生的那样，看得津津有味，乐此不疲。

去年夏天去轻井泽度假，我请人利用假期无人改建了卧室、浴室和厕所。就算我再健忘，也清楚地记得这件事。但是翻开去年的日记本一看，关于这件事的记载不够详细，有必要把那次改建的事情详细记录下来，那么今天在此重写一次。

去年夏天之前，我们夫妇一直并排睡在同一个日式房间。去年在房间里铺上了木地板，摆上了两张床，一张床是我的，另一张床是佐佐木护士的。老伴之前就常常一个人去小客厅睡觉，自从换成床之后，我们便彻底分开睡了。我是早睡早起，老伴是晚睡晚起，我喜欢西式厕所，可老伴偏说不是日式厕所不方便。另外，考虑到方便医生和护士的工作，就把紧挨着卧室右侧的我们老两口专用的厕所改造成了我专用的坐便式厕所，又打通了卧室和厕所之间的墙，这样我不用出房间就能去

---

① 在盂兰盆节的最后一天晚上，燃火送祖先的亡灵回阴间。
② 在京都八坂神社举行的祭祀活动。
③ 日本有名的高原避暑胜地，位于长野县东部。

厕所。卧室的左侧是浴室，去年对它也实施了大规模的改造。从洗手池到地面、墙面都贴上了瓷砖，还换上了新的淋浴设备。这些都是飒子设计的，而且浴室和卧室之间也打通了，但根据情况也可以从里面上锁。

顺便说一句，厕所右侧是我的书房（厕所与书房之间也打通了），再往右是护士的房间。护士只有在夜间才睡在我旁边的床上，白天一般在自己的房间。老伴无论白天还是夜晚都闷在走廊拐角处的小客厅里，一天到晚都在看电视或听收音机，没事的话很少出来。二楼是净吉夫妇和经助一家三口的卧室和客厅，还有一间带卧室的客房。年轻夫妇的客厅装修得相当豪华。楼梯中间有一段是螺旋状的，我的腿脚又不方便，所以偶尔才上去。

改建浴室时发生了一些争执。老伴说浴池只要木制的，用瓷砖的话，水容易凉，冬天水太凉对身体不好。但最后还是按照飒子的意思（这事瞒着老伴）装上了瓷砖浴池。结果很失策——不，或许是个成功——因为瓷砖沾水时容易滑倒，对老人来说太危险了。有一次，老伴就在淋浴处扑通一下摔倒了。还有一次，我躺在浴池里，突然想起身，就去扶浴池侧边，手却打滑，怎么也起不来。我的左手不好使，这种时候很不方便，于是就在冲淋浴的地方垫了一块木制踏板，但没法儿更换浴池。

昨晚发生了这样一件事。

佐佐木护士有孩子，所以她每月要去寄养孩子的亲戚家看望一两次。傍晚出发，住一晚，第二天上午返回。佐佐木不在的晚上，老伴就睡在她的床上。我习惯十点睡觉，睡前洗浴，浴后马上休息。但是老伴摔倒之后就不帮我洗澡了，由飒子或女佣来帮我，可她们都不如佐佐木那样熟练而亲切。飒子麻利地做完洗浴准备，然后只是远远地看着，什么也不管。充其量是用海绵给我搓搓背，洗完后用浴巾从后面为我擦干，再扑上一点婴儿爽身粉，然后再打开电扇，但她从不到我面前。我不清楚这样是矜持呢，还是厌恶。最后她给我穿上浴衣[①]，把我送回卧室后便走开了。她似乎想说，下面就是老伴的事了，与她无关了。我心中一直期待她也能偶尔来卧室陪我，可老伴早就在卧室等着了，也许是因为这个吧，飒子显得更冷淡了。

再说，老伴不喜欢睡在别人的床上。她总是把佐佐木的床单和被子都换掉，极不情愿地躺下。大概是上年纪的原因吧，老伴也经常起夜。她说在我的那个西式厕所里尿不出来，夜里要起来两三次，绕远去日式厕所，她抱怨说整晚都睡不好觉。我暗自期待近期佐佐木不在的时候，飒子能来陪我。

今天，这个机会终于来了。下午六点时，佐佐木说晚上想请个假，要去看孩子。我们吃过晚饭后，老伴突然感到不舒服，就在小客厅里躺下了。那么，洗浴和夜里陪护的任务都落到了飒子身上。帮我洗澡时，她穿了一件印有埃菲尔铁塔图案的 T 恤衫，下身穿着到膝盖的紧身裤，看上去潇洒利落。也许

---

① 棉布做的和服单衣，夏季或入浴后穿。

是心理作用吧，我觉得她比平时搓洗得认真，脖子周围、肩膀和胳膊，全身每一处都感到了她的手在轻轻地触摸。她把我送回卧室后，对我说：

“我马上就来，您稍等啊。我也去冲个淋浴。”

她说着就返回了浴室，让我一个人在卧室里等了大约三十分钟。我总觉得心神不定，就坐在了床上。一会儿，飒子出现在门口。这回她穿了件粉色的泡泡纱睡袍，脚上穿的是中国制的绣有牡丹花的缎面拖鞋。

“让您久等了。”

她走了进来。这时，走廊上的门开了，女佣阿静扛着折叠椅也进来了。

“老爷子，您还没休息吗？”

“正要睡呢。你让她拿来这个干什么？”

“你睡得早，可我暂时睡不着呀，就坐在这上面看一会儿书。”

老伴不在的时候，我对飒子有时用敬称，有时不用，刻意用敬称的时候居多。提到自己的时候有时用谦称，有时不用。只有我和飒子两人的时候，自然就不用谦称了。飒子也如此，只有我俩的时候，她说话就很随便了。因为她知道这样反倒让我高兴。

飒子把折叠的藤椅打开，然后躺在上面，翻开了带过来的书。好像是法语教材。为了不让灯光照到我，她把灯罩遮盖住了。看来，她也不想睡在佐佐木的床上，打算在长藤椅上睡觉吧。

她躺下后，我也躺下了。我怕手疼，所以卧室的空调只开一点凉气。近几日天气闷热，湿气较大，医生和护士都说，为了干燥空气，最好开着空调。我一边装睡，一边偷看飒子睡袍下面露出来的中国绣花鞋的小尖头。像她这样细白的脚，在日本人里很稀罕。

“老爷子，您还没睡啊。没听见您打鼾呀，佐佐木说您一睡着马上就打鼾。”

“今天是怎么了？不容易入睡。”

“是因为我在旁边吗？”

她见我没回答，忍不住笑起来说：“太兴奋会伤身体哟。”接着又说，“可不能让您兴奋，给您吃片卡溴脲来镇静吧。”

飒子是第一次对我说如此挑逗性的话。我听了她这番话，真的兴奋起来了。

“不至于吧。”

“好啦，您还是吃药吧。”

她出去拿药的时候，我想出了一个逗乐的主意。

“来，喂您吃药，两片够吗？”

她左手端着小盘子，右手拿着药瓶往盘子里倒了两片，然后从浴室接了一杯水。

“来吧，张大嘴，我给您喂药，不满意吗？”

“别放在盘子里，你直接用手拿着放进我嘴里吧。”

“那我去洗洗手。”她又进了浴室。

“自己喝，水会漏下来的。要不你顺便嘴对嘴喂我？”

“不行，不行，可不能贪心不足！”

她迅速把两片药放进我嘴里，又利索地把水倒进去。我本想假装药力有效，装睡一会儿，可不知不觉中真的睡着了。

二十四日。夜里两点和四点左右，我去上厕所。飒子果然睡在藤椅上面，法语书掉在了地板上，台灯关上了。由于药物的镇静作用，我差点儿没有记起昨晚去过两次厕所。和平时一样，我早上六点醒来了。

“您醒了？”

我以为爱睡懒觉的飒子还在睡着呢，没想到我刚一翻身，她就立刻坐了起来。

“怎么？你早就醒了？”

“昨晚我压根儿没睡好呀。”

我卷起了百叶窗，她好像不愿让我看到睡眼惺忪的模样，慌忙跑进了浴室……

大约下午两点，我从书房回到卧室，午休了一个小时左右。我迷迷糊糊地躺在床上，一睁开眼，看见浴室的门突然打开了一半，飒子从里面伸出头来。我只看见了她的头，别处看不见。她头戴浴帽，脸上湿漉漉的。还传来了淋浴喷水的声音。

“今天早上失礼了。我刚刚冲完澡。正好是午休时间，我过来看看您。”

“今天是星期天吧，净吉不在家吗？”

飒子没有回答我，却转到了其他话题上。

“我冲淋浴时从来不上锁的，随时都可以打开哟。”

她说这句话的意思是因为我的入浴时间固定在晚上九点多，不用设防？还是因为信任我才这样说的？还是想看就可以进来看？或者她根本就没把我这个痴呆老头的存在当回事儿。她为什么故意说这句话呢？我不得其解。

“净吉今天在家呀。他说今晚要在院子里烧烤，这会儿正忙着准备呢。”

“有谁来？”

“春久和甘利，好像过堂那边也有人来。”

因为上次借钱的事，估计陆子不会来。就算过来，可能只是孩子们吧。

二十五日。昨晚我办了件蠢事。傍晚六点半左右大家开始在院子里烧烤，看上去很热闹，我也想到年轻人中间去凑个热闹。可老伴再三劝阻我说，这个时节坐在草地上会受凉的，不要去了。

“老爷子，您也来呀。”飒子催我过去。

我对他们爱吃的羊肉和鸡翅之类一向没有食欲，不打算吃那些东西。实际上，比起烧烤，我更想看看春久和飒子是怎样接触的。与大家围坐在一起三四十分钟后，我感觉到凉气从腿部蹿到了腰间。可能是因为听了老伴的提醒，反而变得太敏感了吧。过了一会儿，佐佐木护士从老伴那里听说了，也担心地来到院子里提醒我。这么一来，照老脾气我变得更固执了，不肯马上起身。但是我感到越来越凉了。老伴了解我，这个时候她决不能再劝我。佐佐木非常担心我的身体，软磨硬泡了大约三十分钟，我终于站起来回房间了。

然而事情并没有到此结束。凌晨两点左右，尿道痒得我醒来了。急忙跑到厕所，小便后一看，尿就像牛奶那样呈乳白色，而且浑浊。回到床上，刚过十五分钟又想排尿，止不住地痒。就这样反复了四五次。佐佐木让我吃了四片新诺明，又用暖水袋热敷在尿道周围，我才终于平静下来了。

几年前，我得过前列腺肥大症（年轻时染上过花柳病，那时人们把前列腺叫作摄护腺），有时尿不干净，有时尿不出来，曾用过两三次导尿管。尿闭症在老年人中是很常见的现象，但即使平时我的排尿时间也很长，尤其是在剧院的厕所，人们排着长队在等候的时候就更麻烦了。有人告诉我说，前列腺肥大的手术在七十五六岁前都可以做，劝我干脆做手术，还说手术后感觉爽快，能像年轻时那样哗哗地尿出来，仿佛重返青春时代。但也有人说这种手术难度大，又痛苦，还是算了吧。究竟如何是好，我犹豫不决。就这样两年过去了，似乎现在已经错过了手术的时机。不过，所幸的是暂时有所好转。但昨晚我的固执己见导致旧疾复发了。医生让我最近多加小心，连续服用新诺明的话会产生副作用，所以一天三次，每次四片，服用不能超过三天。每天早上要坚持尿检，一旦发现杂菌就吃杀菌药。

因此我决定今天不去后乐园看拳击比赛了。尿道的毛病今天早上大致好转了，也不是不能去。可佐佐木说晚上绝对不能外出，不同意我出去。

“老爷子，对不起啊。我自己去了，回来讲给您听。”

飒子说着，快步走了出去。

无奈，我只能待在家里，请铃木过来针灸。治疗从两点半到四点半，时间很长，又不舒服，这中间大概休息了二十分钟。

学校放暑假了，经助和辻堂的孩子们近日去轻井泽的事情已经定下了，老伴和陆子陪着孩子们一起去。飒子说下个月去，就拜托她俩照顾好经助。下个月的话，净吉可以请十天假去轻井泽。辻堂的千六大概也是那时候去。春久说电视台的工作太忙，美术设计师一般白天还有点时间，晚上却被绑得紧紧的……

二十六日。最近我每天的功课是这样安排的。早上六点前后起床，先去厕所，排尿时用消过毒的试管取几滴最初的尿液。接着用硼砂液冲洗眼睛，用小苏打水仔细洗漱口腔和喉咙，再用含叶绿素的牙膏清洗牙龈后戴上假牙。在院子里散步约三十分钟。在活动床上做牵引，这也延长到了三十分钟。接下来是早餐，只有早餐在卧室里吃。牛奶一瓶、烤面包片夹奶酪一片、蔬菜汁一杯、水果一个、红茶一杯，同时服用一片维生素B。然后到书房看报纸、写日记，时间宽裕的话再看看书。一般上午写日记，有时会写到下午或晚上。上午十点佐佐木来书房给我量血压，三天注射一次五十毫升的维生素。中午在餐厅吃饭，只吃一碗素面和一个水果。下午一点到两点在卧室午休。每周三次，即星期一、三、五的下午两点半到四点半，铃木来给我做针灸治疗，下午五点开始做三十分钟的牵引治疗，六点后在院子里散步。早晚的散步都由佐佐木陪我，偶尔飒子也陪着。六点半吃晚饭，我只吃一小碗米饭，但我希望菜肴最好营养丰富一些，所以厨房每天都翻新花样，品种繁多。老年人和年轻人的口味不同，菜肴的种类也不一样，吃饭时间也不统一。饭后我去书房听收音机，因为我的视力不好，晚上不看书，也几乎不看电视。

前天（星期天），即二十四日中午，飒子随口说的那句话，令我无法释怀。那天下午大约两点，我在卧室午休，一觉醒来，躺在床上正在发呆的时候，飒子突然从浴室里探出头来，朝着我说：

“我冲淋浴时从来不上锁的，随时都可以打开哟。”

她这么说是故意的？还是无意的？不知怎的，从她嘴里说出的这句话引起了我的兴致。从那天吃烧烤，到昨天因病休养，几天来她的话一直萦绕在我脑海里。今天下午两点午休醒来，我去了一趟书房，三点又返回卧室。我知道，最近飒子只要在家几乎都是这个时候过来冲淋浴。我试探着悄悄地推了一下浴室门，果然没有上锁，从里面传来了喷水的声音。

“您有事吗?”

我只是轻轻地推了推门，门微微动了一下，飒子马上就发现了。我很狼狈，但瞬间又壮起了胆子。

“你说从不锁门，那么我就来看看是不是真的。”

我一边说着，一边把头伸进浴室，看见她正在冲淋浴，白底绿竖条的浴帘挡住了她的全身。

“我没撒谎吧?”

“知道了。”

“您站在门口干什么呀，请进来吧。”

“可以进来吗?”

“您想进来，对吧?”

“也没有什么事。”

“您老人家呀，兴奋起来就容易摔倒。悠着点、悠着点。”

今天，木踏板立在了一边，铺着瓷砖的地板上被花洒的水弄得湿漉漉的。我小心翼翼地进了浴室，然后锁上门，从浴帘的缝隙间隐隐约约能看见她的肩膀、膝盖和脚尖。

“那就给您找点事做吧。”

淋浴停了。她背对着我，把上半身的一部分露在帘子外面。

“放在那边的毛巾，您把它拿过来给我擦擦背吧。我头上的水会掉下来的哟，您小心点。”她摘下浴帽时有两三滴水落在了我身上。

“别那么战战兢兢地擦啊，再用点力气。哎呀，我忘了，老爷子您的左手不行啊，那就用右手使劲儿擦呀！”

我突然从毛巾的上方抓住了她的双肩，接着把嘴贴到她右肩肌肉丰满的地方，用舌头吮吸起来。就在这时，一个巴掌啪地打在了我的左脸上。

“混账，真不识趣！”

“就碰一下，还以为你愿意呢。”

“我绝对不会答应的！我去告诉净吉。”

“对不起，对不起！”

“请您出去！”

说完，她冲洗起来，又说：

“别慌，别慌。摔倒可不得了，您慢点。”

我慢慢走到门口的时候，感觉到她柔软的指尖推了一下我的后背。我在卧室的床上坐下来，稍作歇息。不一会儿，她就从浴室出来了，换上了那件泡泡纱睡袍后就站在那里。我瞄了她一眼，看见她穿着牡丹绣花拖鞋。

“请原谅，刚才那件事。”

“没有什么呀。”

“疼吗？”

“不疼。不过，可把我吓坏了。”

“我有个毛病——爱扇男人巴掌，所以刚才不知不觉就出了手。”

“我猜就是这样，对很多男人都出过手吧。”

“不过，对您动手，实在惶恐。”

二十八日。昨天因为去针灸所以没时间。今天下午三点，我又把耳朵贴在浴室门上偷听。门仍然没锁，水声哗哗地响着。

“您来了！等着您呢。前天的事，真是失礼了。”

“我觉得我不能不来。”

“上了年纪，脸皮就厚了。”

“前天挨了你一巴掌，能不能补偿我一下？”

“别开玩笑了，请您发誓决不再做那种事。”

“就亲了一下脖子，也不是什么大错。”

“不能碰脖子。”

“哪里可以呢？”

“哪儿都不行。就像被蛞蝓舔了一样，我一天都不舒服。”

“换作春久亲你，你会怎样？”我欲言又止，还是说了出来。

“当然打他啦。真的！前几天就让他领教了我的手劲儿。”

“不至于那么介意吧。”

“我的手可柔韧了，真打的话，疼得人眼珠子都要飞出来了。”

“我正想挨一下呢。”

“真是一个不好对付的、又刁钻又可怕的老头子！”

“我再问一遍，脖子不能亲，哪里可以亲呢？”

“膝盖以下只能亲一次，就一次哟。——不要用舌头舔，只能用嘴唇接触。”她从浴帘的缝隙间伸出了小腿，从膝盖到脸部完全被遮挡住了。

“好像医生做妇科检查似的。”

“胡说。”

“说什么接吻不让用舌头，这个要求太难为人了啊。”

“这不是接吻，只让您用嘴碰一下。对您来说，这最合适啦。”

“在做这个的时候，起码也要关上淋浴吧。”

“不能关。您亲完后，我得马上冲洗干净，不然心里不舒服。”

我感觉自己只是喝了点水而已。

“说起春久，我想起一件事，想请您帮忙。”

“什么事?”

“春久说这阵子太热了，想不时地来咱家洗洗澡。他让我问问您是否可以。”

“电视台里没有洗澡的地方吗?”

“有是有的，不过，演员浴室与演员之外人员的浴室是分开的，非常脏，他不想去洗。他没办法，只好去银座，在那里的东京温泉洗澡。如果允许他来咱家洗的话，离电视台又近，就帮了他的大忙。所以他托我问问您。”

“这点小事，你自己看着办吧，不用什么都问我。”

“其实，前些日子他来洗过一次，没有告诉您。可他说总是这样偷偷来洗澡不好的。”

“我这里没问题呀。你要问的话，去问你婆婆吧。”

“您帮我说说吧，我害怕婆婆呀。”

飒子虽这样说，可比起老伴，她更顾忌我的态度。正因为是春久的事，她才觉得有必要特意先跟我打招呼。

二十九日。……下午两点半开始针灸。我平躺在床上，盲人医生铃木坐在旁边的椅子上为我进行治疗。他从包里取出针灸盒用酒精消毒，这些琐碎工作都由铃木亲力亲为，他的徒弟只是陪在他的身后随时待命。治疗到今天仍未见好转，手还感到冷，指尖还有麻痹感。进行到二三十分钟的时候，春久突然从走廊的门进来了。

“伯父，打扰您一下。您正在治疗，很不好意思。前几天托飒子求您帮忙的事，听说您同意了。非常感谢！从今天起我要借用贵府的浴室，特来向您表示感谢。”

“区区小事，何足挂齿。随时都可以来啊！”

“谢谢您。承蒙您的好意，以后常来打扰了。当然不是每天都来。——最近，伯父看起来气色不错啊。”

“哪里哪里。越来越老糊涂了，每天净被飒子数落呢。”

“不会吧。飒子很佩服您啊，说您是常青树！”

“哪儿的话！正请人针灸呢，苟延残喘罢了。”

“怎么会那样呢！伯父一定会长生不老。——哎呀，打扰您治疗了，接下来我去拜访一下伯母，先告辞了。”

“天热，多休息一会儿吧。”

“谢谢您的好意，可我总是闲不下来啊。”

春久离开后不久，阿静端过来两份茶水和点心，原来到了休息时间。今天送来的是布丁和冰红茶。休息后继续治疗，四点半结束。

在接受治疗的时候，我一直在琢磨一件事。

春久求我让他来洗澡这件事，并非那么简单。他真的没有什么企图吗？或许是飒子出的点子。今天，春久就是故意在我治疗时来确认时间的。飒子认为，如此一来，在相当长的一段时间里可以不再理睬我这个老人了。我听说，春久夜里很忙，白天时间较自由。那么，他来洗澡的时间是下午到傍晚之间，大概和飒子洗澡的时间一样吧。也就是说，春久来洗澡的时间，我要么在书房看书，要么在卧室治疗。春久在浴室时，那个门绝不会就那样敞开着吧，他一定会把门锁上吧。养成了不锁浴室门的坏习惯，飒子不后悔吗？

还有一件事让我费神。大后天也就是八月一日，老伴、经助、辻堂的陆子会带着三个孩子、女佣阿节等七人去轻井泽。净吉说八月二日去关西出差，六日回京，七日是星期天，从七日起大约十天也要去轻井泽。这样的话，对飒子来说是个好时机。飒子说她下个月去轻井泽住两三天，又说佐佐木和阿静虽然是在东京，但把老人家一个人留在家里不放心，而且轻井泽那边游泳池里的水太凉，没法游泳，所以偶尔小住还行，不习惯久住，还是更喜欢有海的地方。听她这么一说，我无论如何也得找个理由留在家里。

“我先去，您什么时候来？”老伴说。

“怎么办？好容易才开始针灸，我想再坚持一下看看效果。”

“您不是说一点儿也不见效吗？反正天气也热，先停停吧。”

“不行，这几天觉得好像有点见效了。开始还不到一个月，现在停下，太可惜了。”

“照这么说，您今年不打算去了？”

“也不是，早晚会去的。”

我好不容易才把老伴的盘问搪塞过去。

三

五日。……两点半铃木来了，马上开始治疗。三点多一点休息，阿静送来了茶点，是摩卡冰激凌和冰红茶。她正要转身离开房间，我漫不经心地问了一句：“今天春久没来吗？”

“春久先生来过了，好像已经回去了。”她含糊地回我一句后转身就出去了。

盲人吃东西很费时间，徒弟一勺一勺地把冰激凌放进铃木的嘴里，铃木还不时地抿一口红茶。

“不好意思，失陪一下。”

我下了床，来到浴室门口，拧了拧把手，门果然锁着。我想再确认一下，就假装去解手的样子走进了厕所，然后从厕所出来到了走廊上，打开走廊上的浴室门一看，门是开着的，里面却没人。可是春久的衬衣、裤子和袜子都脱在筐里。我又拉开浴室里面的玻璃门看了看，确实空无一人。再拉开浴帘看看，也没人，只见洗澡池的瓷砖和四周的墙上都溅满了水滴，湿漉漉的。阿静这个死丫头，敢撒谎来糊弄我。不过，春久到底在哪儿呢？飒子又在哪儿呢？我正要去餐厅找一找，这时正好碰见阿静。她从餐厅出来，端着放有可乐瓶和两个杯子的托盘，正要上二楼去。

阿静突然脸色煞白，呆呆地站在楼梯口，端盘子的手颤抖着。我也有些心虚，按说这个时间段我在走廊上乱转也不正常。

“春久还在这里吧。”

我强作欢颜，故作轻松地问。

“是的，我以为他已经回去了。”

“嗯，是吗？”

“……在二楼乘凉……”

盘子里有两个杯子和两瓶可乐，他们俩正在二楼“乘凉”。既然春久的衣服扔在筐里，说明他洗澡后换上了浴衣。他是否也是一个人冲淋浴？二楼虽有客房，可他们到底在哪间“乘凉”呢？这个时候，他借穿了浴衣这点事就先算了，可现在老伴也不在家，楼下的客厅、会客室、茶室等到处都空着，根本用不着上二楼。也就是说，他们一定认为从下午两点半到四点半之间我正在接受治疗，不会从卧室出来的。

我看着阿静上了二楼后，立刻返回了卧室。

“哎呀，对不起。”

说着，我又躺在了床上。我离开的时间不足十分钟，盲人医生刚刚吃完冰激凌。

继续针灸。接下来的四五十分钟，我只好把自己的身体交给铃木了。到了四点半，铃木走了，我回到书房。他俩原打算趁我治疗的时候悄悄从二楼下来溜走，却失算了。没想到我突然出现在走廊上。尴尬的是我撞上了阿静。假如我没撞上阿静的话，他们就不会察觉到我已知道他们的事吧。这样的话，应该说阿静碰见了我，算他们走运。如果往坏处推测的话，也许飒子已发现我在怀疑她，知道我可能会在治疗的间隙到走廊来窥探情况，所以故意吩咐阿静出来，假装碰巧撞见我。也许飒子在想，尽早让老人知道也好，这样既便于行事，也让老人趁早死心，算是积德吧。

“没事的，不用那么慌张，大胆地回去。”

我好像听见了飒子的声音。

从四点半到五点休息，五点到五点半做牵引，五点半到六点还是休息。在这段时间里，恐怕在我治疗结束之前，二楼的那位客人就已经回去了。飒子也一起出去了吗？或者她感到不好意思，独自一人躲在二楼？一直没见她的人影，只在今天午饭时看见了她。（本月二日以来，只有我和她两人面对面地吃饭。）六点，佐佐木来催我去院子里散步。我正要从侧门去院子的时候，飒子不知从哪儿冒出来了。

“佐佐木，今天你不用陪了，我来陪吧。”

“春久什么时候回去的？”在亭子里，我直接问飒子。

“那以后不久就回去了。”

“那以后是什么意思？”

“喝了可乐后不久。反正也被您看见了，匆匆回去的话，反倒惹人怀疑。我这样对他说了，可他……”

“没料到他这么胆小啊。”

“他再三说，肯定会被伯父误解的，由我给您解释清楚。”

“这个话题就到这里吧。”

“如果被您误解的话，那也没办法呀。二楼比下面通风好一些，所以我们只不过在二楼一起喝了杯可乐罢了。这种情况下老年人总会多想，换作净吉，他会理解我的。”

“算了吧！对这件事，我无所谓。”

“您不会无所谓的。”

“我先说一下，你是不是误解我了？”

“怎么误解了？”

“假如你——我说的是假如啊——即使你和春久做了什么苟且之事，我也不打算追究……”

飒子满脸惊讶，不再吱声。

“这件事情，我不会告诉老伴和净吉的，把它藏在自己心里。”

“您是说，让我做那事？”

“大概是吧。”

“您疯了吧。”

“也许吧。你这么精明的人，怎么现在才明白呢？”

“可您怎么会有这种想法呢？”

“自己没法儿享受恋爱的冒险了，为了发泄，起码要让别人去冒险，自己在一旁观赏。人老到这个地步，很可怜啊！”

"因为自己没希望了，才这样自暴自弃吧。"

"我还有点吃醋呢，你倒是也可怜一下我吧。"

"真会花言巧语啊。我当然可怜您，可是我也不愿意为了让您高兴就牺牲自己呀。"

"这怎么是牺牲呢？让我愉快的同时，你自己不也愉快吗？比起我来，你快活多了。我真的很可怜呐。"

"请您注意，不要再挨嘴巴。"

"别掩饰了！不一定只和春久好，甘利或者别人都行啊。"

"一到亭子里就说这事呀，还是散散步吧。老说这事，不光对腿脚的运动不好，对脑子也不好。您看！佐佐木正从侧门朝我们这儿看呢。"

小路的宽度刚好能容下两人并排行走，两边的胡枝子伸到了小路上，妨碍通行。

"叶子太茂盛了，容易绊倒，您扶着我走吧。"

"我可以挽着你的胳膊吗？"

"那可不行啊。因为您的个子低呀。"

本来在我左边的她，突然转到了右边。

"把手杖给我，您用右手抓住这儿。"说着，她将左肩靠近我，一边用手杖拨开胡枝子的枝叶，一边前行……

六日。……接着昨天的内容往下写。

"净吉到底对你怎么样？"

"我还想问您呢。您觉得呢？"

“我也不清楚，我不太在意净吉的事情。”

“我也一样。就算问他，他也是满脸的不耐烦，不会说实话的。归根到底，现在他不爱我了。”

“假如让他知道你有了情人，会怎样呢？”

“有就有了呗，没法子。请不要有什么顾虑。——他会这样开玩笑地对我说。不过，说不定他是真心这样觉得呢。”

“男人听老婆这么一说，谁都不会服输的！”

“他好像也有了喜欢的女人，这个女人似乎和我过去的经历一样，在某个酒吧上班。我对他说，只要让我见儿子经助，离婚也行。他说不打算离婚，经助太可怜了，但最要紧的是，你不在这个家的话，父亲会伤心得流泪。”

“净瞎说！”

“看来您的事，他全都清楚啊，我可什么都没说。”

“真不愧是我的儿子啊。”

“拿这么荒唐的事来表示孝心吗？”

“其实他对你恋恋不舍，只是拿父亲来做幌子。”

说句实在话，我对自己的长子，也就是卯木家的继承人净吉，几乎一无所知。对自己的爱子如此漠不关心的父亲恐怕很少见吧。我仅知道他从东大经济系毕业后进入了太平洋塑料工业公司，却不太清楚他具体做什么工作。听说是这么一个公司：从三井化学买进树脂原料，做成胶卷、聚乙烯被膜、聚乙烯制品，如塑料桶啦、装色拉酱的塑料软管之类。工厂在川崎一带，总公司在日本桥，净吉在总公司的营业部工作。他似乎不久要当上部长，可我不知道他现在能拿多少工资和奖金。虽说他是家族的继承人，但目前我仍是一家之主。这个家的开销，他也负担一些，但大部分还是靠着我的房产租金和股票收入。几年前一直是老伴负责每月的收支，而不知从何时开始，飒子当家了。听老伴说飒子很会精打细算，连常来送货的商人的账单等都不放过。她还常去厨房打开冰箱仔细查看，所以一提起少夫人，女佣们都害怕。喜欢新鲜事物的飒子去年在厨房安装了一台垃圾粉碎机。有一次，我看见阿节把吃剩的红薯扔进去了，当场阿节就被飒子狠狠地训斥了一顿。因为按飒子的说法，那些剩下的红薯还能吃。

“如果腐烂了，不能拿去喂狗吗？你们觉得好玩，什么东西都往里面扔，早知道就不买它了！”飒子后悔地说。

老伴说飒子尽可能地压缩家庭开支，还欺负女佣，把节余部分全部装进了自己的口袋。她让大家过得紧巴巴的，只有自己过着奢侈的生活。她有时会让阿静打算盘，但一般都是亲自算账。税金交给会计师处理了，然而与会计师对接的还是飒子。她承担少夫人的事务已经相当忙了，可她凡事都要插手，并且办事干脆利落。这一点，净吉对她肯定很满意。如今她在卯木家已经站稳了脚跟，对于净吉来说，在这个意义上，她的存在是不可缺少的。

老伴曾反对净吉和飒子结婚。当时净吉说：

“她虽然是舞女出身，但肯定会勤俭持家的，我看得出她有这方面的才能。”

那时，也许净吉只是那么随口一说，并非什么先见之明。没料到飒子嫁过来之后，真的发挥了持家的才能。在此之前，连飒子自己也不知道自己还有这个本事吧。

老实说，我虽然不反对他们结婚，可总觉得他们难以长久。净吉会轻易迷恋上一个女人，但很快就会厌倦，这一点来自我的遗传。我以为他与年轻时的我一样，而现在不能简单地下结论。刚结婚那段时间，净吉特别专一，现在却差远了。然而，以我的眼光看，飒子现在比刚结婚时更漂亮了。她嫁到我家已经快十年了，随着岁月的流逝，她变得越来越漂亮，生下经助后，尤其令人眼前一亮。昔日舞女的感觉，如今消失殆尽。只是和我独处时，她偶尔流露出往日的风情。她和净吉在一起的时候，在曾经郎情妾意的时代，想必也是那样的风情吧，而如今却物是人非。倒不如说，净吉这小子现在只看重她的管家理财，失去她的话，担心生活上多有不便。故作端庄的时候，飒子俨然一副贵妇人的派头。她说话办事干脆利落、机灵能干，既有人情味，也有亲近感，颇能吸引人。一般人都这么看她，净吉这小子也暗自得意吧，所以他不会轻易离婚的。就算是飒子有了可疑行为，他也只能装作视而不见，只要别过分……

七日。……昨夜净吉从关西回来，今早就去了轻井泽……

八日。……从下午一点到两点是午休时间，然后等着铃木来出诊。这时，浴室门从里面敲了几下。

“要锁门了。”传来了飒子的声音。

“他，要来吧？”

“是啊。”

飒子伸出头来，马上又回去咔嚓一声把门锁上了。就这么闪了一下，我就看见了她那张冷漠而僵硬的脸。看来她先洗澡了，浴帽正往下滴水……

九日。……午休后，今天的针灸暂停，可我仍惦记着浴室的事，所以就待在卧室。

“要锁门了。”

今天又听到了她从浴室里敲门的声音，可今天比昨天晚了三十分钟，而且她根本就没伸出头来。下午刚过三点，我就悄悄去拧了一下门把手，门还锁着。下午五点做牵引时，我听到了春久走过来打招呼的声音。

“伯父，谢谢！托您的福，每天都洗得很舒服。”

我没法儿看到他的脸，真想看看他说出这句话时的表情。

六点我在院子里散步时，试探着问佐佐木：

“飒子不在家吗？”

“好像刚才开着希尔曼出去了。”佐佐木去问了阿静，回来后说，“少夫人确实是出门了。”

十日。……从下午一点到两点是午休时间，然后经历了与八日相同的事……

十一日。……今天不做针灸，但是今天与九日那天的状况有所不同。

难得一见飒子满面笑容地从浴室伸出头，说了句“门没锁哟”，取代了平时那句“要锁门了”。

“今天他不来吧。”

“对啊，您进来吧。”

我得到了她的允许就进去了。她早已躲到浴帘后面了。

“今天让您吻呀。”

淋浴声停了。她从浴帘下伸出了小腿。

“这算什么？怎么还是像妇科内诊一样的姿势。”

“是啊，膝盖以上可不行！作为补偿，这回我不是把淋浴关了吗？”

“打算谢我吗？可这谢礼太轻了吧。”

“不乐意就算了，我不会强人所难。”接着她又加了一句，“今天不仅可以用嘴唇，还可以用舌头。”

我的姿势与七月二十八日那天相同，用嘴唇吸吮她的小腿肚的同一个位置。我用舌头慢慢地品味，感觉这与接吻很相似。我就这样咂咂有声地从小腿往脚踝亲吻下去，她竟然一言不发，任由我摆弄。我的舌头吻到了她的脚面，进而到了大拇趾尖。我跪在地上，抱起她的脚，一口把她的大拇趾、二趾、三趾都含了进去，还吻了脚心。湿润的脚底很性感，好像也带着表情似的。

“差不多了吧。”

突然，淋浴喷头打开了，水冲到了她的脚底，弄得我满头满脸全是水……

五点佐佐木来通知我做牵引，说：“哎呀，您的眼睛那么红啊。”

这几年来，我的眼白经常充血，平日里也带着些红色。仔细观察瞳孔周围的话，会发现眼角膜下面异样地爬着几条又红又细的血管。我担心是眼底出血，曾做过检查，可医生说眼底血压正常，还说在我这样的年纪很常见。但是我每次眼部充血时脉搏会加快，血压也会升高。佐佐木马上给我量了脉搏。

“脉搏90多，发生什么了?”

“没有。”

“给您量量血压吧。”她硬让我躺在书房的沙发上，安静十分钟后，把橡皮管缠在我的右臂上。我看不见血压计，可从佐佐木的表情上大致能猜出几分。

“现在您觉得有什么不舒服吗?”

“没什么不舒服的，血压高吗?”

“200左右。”

她这样说的话，血压肯定是200以上，可能有205、206、210或220以上。我过去有好几次都高达245，医生都震惊了，可我很平静。反正就这样了，怎么治都无济于事，我也不抱什么希望。

“今天早上量的时候，高压145、低压83，很正常。怎么突然升得这么高呢？太奇怪了！是不是因为便秘，用力太猛了？”

“没有啊。”

“没有发生什么事吗？太奇怪了！”

佐佐木还是疑惑不解。我无法说出口，可是心里再清楚不过了。刚才吻飒子脚心的感触仍留在唇边，想忘都忘不掉。我把飒子的三只脚指头一起含在嘴里的时候高度兴奋，恐怕就是那个时候血压升高了。当时的情形是，我的脸骤然变得火热，血气全涌上了头顶，总觉得这一瞬间会突发脑溢血死去。我现在会死吗？现在会死吗？对于这样的情况，我虽然早已做好了思想准备，但是真正面对死亡的话仍感到恐惧万分。于是我拼命地自己告诫自己说，冷静下来，不能兴奋。奇怪的是，尽管想自律，可是吮吸她脚的事，根本停不下来。不！越想停下来，就越想更疯狂地吮吸。我一边想着“我会死吗，我会死吗”，一边吮吸着。恐惧、兴奋、快感，轮番上阵，涌上我的胸口，像心绞痛发作一般的疼痛让我胸闷气喘……到了这会儿，已经过了两个小时，可血压还没有降下来。

“今天就不要做牵引了，最好安静地休息。”说完，佐佐木硬是把我送回了卧室，让我躺下。

晚上九点佐佐木又拿着血压计走了进来。

“再给您量一次吧。”

结果，庆幸的是这次恢复到正常了，高压150多一点，低压 87。

“这下就好了！可以放心了。刚才是高压 223，低压 150 呀。”

“那是偶尔才有。”

“就算是偶尔，也挺吓人啊！不过，幸好只出现了一会儿。”

放心的不仅仅是佐佐木。说实话，我比佐佐木更惊慌，此刻暗暗地松了一口气。同时我在琢磨着，按现在的状况我再疯狂几次也无大碍吧。虽然称不上是飒子欣赏的桃色电影，但我这种程度的冒险也不该停止，即使失误丢了性命又有何妨？……

十二日。……下午两点刚过，春久就来了，好像待了两三个小时。刚吃过晚饭，飒子立刻就出门了。她说要去斯卡拉歌剧院看马丁·拉萨尔①主演的《扒手》，然后去王子饭店游泳。我想象着身着泳装的飒子那雪白的肩膀和后背沐浴在夜幕灯光下的情景……

十三日。……下午三点左右，我今天又体验了一次桃色冒险。不过，今天眼睛没有发红，血压也正常，反而有些扫兴。没有兴奋得眼睛充血、血压超过 200，倒让我觉得不过瘾。

---

① Martin LaSalle（1935—　），法国男演员，代表作有《诺拉的遗嘱》等。

十四日。净吉在夜晚独自从轻井泽回来了。因为明天是星期一，他要上班。

十六日。飒子说昨天去叶山游泳了，她好久没去那里了。又说虽然今年夏天为了照顾我而不能去海边度假，但还是需要晒一下的。飒子皮肤白皙，如白种人一样，所以被太阳晒到的地方有些发红。她还说从脖子到胸口晒出了一个鲜红的“V”字形，被泳衣遮住的腹部仍是雪白的。今天她好像是为了向我炫耀这个才让我进了浴室。

十七日。今天好像春久又来了。

十八日。……今天又经历了一次桃色冒险，只是和十一日、十三日稍有不同。今天她穿着高跟凉鞋走进了浴室，就那样穿着凉鞋冲淋浴了。

“怎么不脱凉鞋呢?”

“歌厅的脱衣舞表演什么的，舞女都是裸体穿着这个出场的呀。对于您这样的恋足癖来说，这么穿岂不是更有魅力? 有时还能看见脚心呢。”

这还不算过分，之后发生了这样一件事。

“今天允许您 necking!”

“necking 是什么意思?”

“连 necking 都不知道吗? 前几天您不是还做过吗?”

“亲吻脖子？”

“是啊，是 petting 的一种哟。”

“petting 是什么？我没学过这个英语单词。”

“老年人真是麻烦啊。那就是互相爱抚的意思呀。还有个词是 heavy petting，看来我得从头开始教您现代词汇了。”

“这么说，你让我吻这儿了？”

“您可得感谢我！”

“我对着你三跪九叩吧。今天太阳打西边出来了，狠招还在后边吧？”

“您算是明白人，这么想就对了。”

“那你不能先告诉我吗？”

“行了，别问了，先 necking 吧。”

最终我还是经不起诱惑，尽情地享受了二十多分钟所谓的 necking。

“哈哈，我赢啦！您可不能拒绝我。”

“你的要求是什么？”

“我说出来，您可别吓瘫了。”

“到底是什么？”

“老早就想要这个东西了。”

“快说吧，是什么？”

“猫眼。”

“猫眼？猫眼石吗？”

“对！小的可不行，我想要男人戴的那种大的。其实我已经看上了帝国饭店的商店里的那颗猫眼石，太想买了！”

“多少钱？”

“三百万。”

“你说什么？”

“三百万。”

“不是开玩笑吗？”

“没开玩笑。”

“我手头没那么多钱。”

“我清楚着呢！正巧您有这个数。我已经订了货，说好这两三天内要去取货的。”

“没想到 necking 这么贵啊！”

“不仅是今天，以后我随时奉陪呀。”

“只是 necking 可不够，真正的接吻才值啊。”

“说什么呢！刚说过要对我三跪九叩，就想变卦吗？”

“会招来大麻烦的，被老伴发现怎么办？”

“我会那么笨吗？”

“再怎么说，这么多钱，我也心疼啊。你不要这么欺负老年人嘛。”

“口是心非吧，瞧您那高兴的样儿。”

似乎，我真的满心喜悦。

十九日。天气预报说台风将至。或许因为这个，我的手疼得厉害、腿脚也越发不灵便了。每天服用两三次飒子买来的德尔辛，疼痛才减轻少许。这是口服药，比针剂好受一些，但它属于阿司匹林类，所以发汗厉害，我有点吃不消。

下午铃木突然打来电话说，“台风要来，不便出诊。今天的针灸就停了吧。”我让用人回复说“知道了”，便从卧室来到了书房。我刚到，飒子就进来了。

“我来拿约定好的东西，然后去银行，再去帝国饭店。”

“台风要来了，这个时候能不出去吗？”

“趁您没变卦，我要拿到想要的东西，早点把那宝石戴在手上呀。”

“我既然答应你了，就不会变卦的。”

“明天是星期六，一睡懒觉就来不及去银行取钱了。俗话说得好，夜长梦多。”

本来，这笔钱有别的用场。

我家好几辈都住在本所割下水，到了父亲那代，从本所搬到了日本桥区横山町一丁目。那时我尚年幼，记不清是明治哪年的事情了。大正[①]十二年的大地震之后又搬到了麻布[②]狸穴的新居，就是我现在的家。建造新居的是我父亲，他在大正十四年，就是我四十一岁那年去世了。过了几年，母亲在昭和[③]三年也去世了。麻布的住宅虽说是新居，但那一带曾是明治年

---

① 大正天皇年号，指1912年7月30日至1926年12月25日。

② 旧区名，现东京港区。江户时代这里是大名、武士宅邸的集中地，外国公使馆也多在此地。

③ 昭和天皇年号，指1926年12月25日至1989年1月7日。

间政友会的首领长谷场纯孝[①]的宅邸，因此只是在保留一部分旧址的基础上进行了改建。父母喜欢这所老宅子的幽静环境，就在这里隐居养老了。战争期间又改建了一次，后来发生了火灾，只有老宅子奇迹般地幸免于难，所以至今仍保留着父母健在时的样子。老宅早已破旧不堪，不能住人，一直闲置着。我想把它拆掉重建成现代式住宅，作为我们老两口以后的养老居所，但是遭到了老伴的反对，她说任意毁掉已故父母的旧居是不吉利的，先保留着吧。照她这样说的话，保留下去没个尽头，所以这两天我打算强迫老伴答应这件事，再请人来拆老宅子。现在的主屋，就是全家人都住进来也不算狭小，但对于我的种种不轨企图而言略有不便。我打着翻盖养老居所的旗号，其实是想把我的卧室和书房尽量与老伴的卧室间隔得远一些，把老伴专用的厕所建在她卧室的隔壁，美其名曰“为了夫人的便利”，还要在她卧室旁边建一个纯日本式的木造浴室。我专用的浴室是铺瓷砖的，且装有淋浴。

“在养老居所建两个浴室是不是太浪费了？我倒无所谓啊，和佐佐木、阿静她们一起共用主屋的浴室就行。”

“哎呀，老婆子，这不算什么浪费！上年纪的人喜欢舒舒服服地泡个澡啊。”

我想方设法尽可能地让老伴待在自己的卧室，不出来到处转悠。还想顺便改建一下主屋，把二楼去掉改成平房。这个想

① 长谷场纯孝（1854—1914），明治时代政治家，鹿儿岛县人，创立政友会。

法不仅遭到了飒子的反对，而且资金也不够，无奈之下打算先建我和老伴的养老居所。飒子盯上的那三百万就是这笔费用的一部分。

“我回来了！”

飒子早早地到家了，如凯旋的将军一般洋洋得意。

“这么快就回来了？”

她没回答，默默地把手掌里的宝石亮出来让我看。的确是一颗很漂亮的猫眼石。这等于告知我，翻盖养老居所的空想已经化作她细软手心里的奢侈品。

“这有几克拉？”

“说是十五克拉。”

像往常一样，我的左手突然又剧烈疼痛起来，我慌忙服下三片德尔辛。看到飒子那得意的神情，疼痛也化作了快乐。翻盖养老居所什么的，哪儿会有这般快活！……

二十日。十四号台风即将登陆，风雨交加。尽管如此，我们还是按原计划，早上朝着轻井泽出发了。飒子和佐佐木陪我一起去。不过，佐佐木坐的是二等车厢。她很担心这样的天气，说“再推迟一天就好了”，我和飒子都不同意。我们俩都神采焕发，根本没把台风当成一回事儿。猫眼石的魔力真大啊……

二十三日。今天本打算和飒子一起回京的，老伴却说孩子们要开学了，归程比原计划稍提前一点，大家都提前到了二十四日，那么您就推迟一天，跟大家一起回吧。结果，我和飒子两人旅行的乐趣成了泡影。

二十五日。今早开始又该做牵引了。因为总不见效，就决定停下。针灸也打算在本月底停下来……今晚飒子又匆匆地去后乐园体育馆了。

九月一日。今天是“二百一十日”①，无事可记。净吉今天飞往福冈出差五天。

三日。阵雨过后，天空放晴，秋意款款而来。飒子在我的书房里摆上了一盆高粱搭配鸡冠花的插花，还把“秋日七草”② 插在了玄关。我顺便换了一幅字画，那是精心装裱的荷风散人③的一首七言绝句。

卜宅麻溪七值秋，
霜余老树拥西楼。
笑吾十日间中课，

---

① 日本杂节之一，从立春算起的第 210 天，即 9 月 1 日前后，此间常刮台风。
② 代表日本秋天的七种花草，即胡枝子、芒草、野葛、石竹、败酱、佩兰、桔梗。
③ 永井荷风（1879—1959），明治时代的唯美派代表作家，东京人，别号断肠亭主人，代表作有《墨东绮谭》《扳手腕》等。

扫叶曝书还晒裘。

荷风的书法和汉诗谈不上绝妙，但他的小说是我爱读的书目之一。这幅字是以前从一个画商那里买来的。听说有人模仿荷风的字竟达到以假乱真的程度，所以这幅字真伪难辨。被战火烧毁前，荷风一直住在这儿附近的市兵卫町的一所外墙涂漆的木造洋房里，还给那所宅子起名为“偏奇馆”，故有“卜宅麻溪七值秋”一句。

四日。拂晓时分，大约五点，我似睡非睡，听见不知从何处传来蟋蟀“嗞嗞”的叫声。尽管是细声低鸣，却“嗞嗞”“嗞嗞”叫个不停。即便到了蟋蟀鸣叫的季节，可在屋子里怎么会听见叫声呢？在院子里偶尔可听见蟋蟀的叫声，但奇怪的是躺在卧室的床上也能听得见。莫非是蟋蟀钻进了卧室？

我不由得想起了童年往事。那时住在割下水，我大概六七岁，被乳母搂着躺在床上时，总听见蟋蟀在走廊外鸣叫。它们藏在院子的石子路下或走廊的地板下，叫声清脆响亮。蟋蟀不像金铃子和金琵琶那样成群结队，而是经常单独活动。每只蟋蟀的叫声都很清脆，仿佛能穿到人们的耳膜深处。这时，乳母便会对我说，“督少爷，你听。秋天到了，蟋蟀在叫呢。”“再听听呀，蟋蟀的叫声好像在说‘背凉凉、脚凉凉’，一听到这样的叫声，就到秋天了哟。”

听乳母这么一说，可能是心理作用吧，我觉得一股凉风钻进了我的白色薄睡衣的袖筒里。我很讨厌穿浆洗得硬邦邦的薄睡衣，因为那上面总有股快要发馊的糨糊味儿。那股糨糊味儿、蟋蟀的鸣叫、秋日清晨沁入肌肤的丝丝凉意，依然残留在我那模糊而遥远的记忆中。今年我七十七岁了，黎明时每每听到蟋蟀“嗞嗞”的叫声，记忆中的那股糨糊味儿、乳母说话时的神态，还有皮肤碰到硬邦邦的睡衣的感觉，全都复苏了。半梦半醒中，我觉得自己仿佛在割下水的家中被乳母搂在怀里躺在床上睡觉呢。

今天早晨，随着意识慢慢清醒，我才发现原来这“嗞嗞”的叫声正是从摆放着我和佐佐木护士的床的这间屋子传出来的！尽管是这样，我还是莫名其妙。这间房里不该有蟋蟀的，门窗都关着，也不可能听到外面的声音，但我确实听见了“嗞嗞”的叫声。

“哎？”

我再次侧耳细听。啊，原来如此！我终于明白了。我又反复听了几遍，对了！就是这个声音！就是它！

原来我听到的并不是蟋蟀的叫声，而是我自己的呼吸声。今早空气干燥，老年人的喉咙发干，加上有点感冒，所以每次空气从喉咙进出时都会发出“嗞嗞”的声音。我也不清楚这声音是发自喉咙还是发自鼻腔，反正是空气从某个通道经过时发出的“嗞嗞”声。我绝没想到这声音是从自己的喉咙里发出来的，听起来好像是从自己身体以外的什么地方传来的。从自己的身体里怎会发出那么可爱的“嗞嗞”声呢？怎么听都像是虫鸣声，我又试着呼吸了几下，果然是自己发出的“嗞嗞”声。我觉得很有趣，又试了几次，越是使劲呼吸，“嗞嗞”声就越大，简直就像吹笛子。

“您醒了？”佐佐木坐起了身子。

“你听出来这是什么声音吗？”我又呼吸了一下，故意让她听。

“是老爷您的呼吸声吧。”

“原来你知道啊。”

“知道的，每天早上都能听到。”

“是吗？每天早上我都发出这种声音吗？”

“老爷您不知道自己发出这种声音？”

“不知道。几天前开始，一到早上好像就听到这种声音，迷迷糊糊中还以为是蟋蟀在叫呢。”

“不是蟋蟀，是从老爷喉咙里出来的。不仅仅是老爷，上年纪的人喉咙容易发干，一呼吸就会发出像笛子一样的声音。对老年人来说这很常见啊。”

“这么说，你早就知道了？”

“是的，最近每天早上都能听见‘嗞嗞’声，很可爱的。”

“我想让老婆子也听听。”

“老夫人听见过。”

“飒子听见的话，会笑话我吧。”

“什么事能瞒过少夫人呢？”

五日。今天黎明时分我梦见了母亲。对我这个不孝儿来说，可谓稀罕。这大概是由于昨天清晨梦见过蟋蟀和乳母的缘故吧。出现在梦里的母亲是我记忆中最年轻、最美丽的模样。记不清是在什么地方了，大概是住在割下水的时候吧，母亲身着外出时常穿的灰色小花纹和服，还罩着一件黑绸外褂。我分不清她到底是出门呢，还是要去哪个房间走动。她从腰带里拿出烟丝盒和烟管抽了一袋烟，然后好像坐在了小客厅里。不知什么时候她来到了门外，光脚穿着“吾妻”[1] 木屐在走路。母亲的头发盘成银杏叶发髻，上面插着珊瑚发饰和宝石簪子，还插着一把镶满了珍珠贝壳的玳瑁梳子。发型倒是看得清楚，却看不清脸庞。母亲是旧时的女人，身材矮小，刚够五尺[2]，可能因为这个原因吧，我只能看到她的头。就算这样，我也能肯定她就是母亲。遗憾的是母亲没看我一眼，也没跟我说句话。我也没跟母亲说话，害怕跟母亲说话会挨骂，所以就没吭声。我猜想她可能正在去横网那边走亲戚吧。我只记得这么一分钟的梦境，后来的事情都一片模糊了。

梦醒之后我仍在反复回味着梦中的母亲。或许在幼年的某一天，明治中期，明治二十七八年的一个晴朗的日子，母亲从我家门前走过，在熙熙攘攘的人群中认出了还是幼童的我。这段记忆刚刚复苏了吧。奇怪的是，在梦中，母亲仍旧年轻貌

---

① 旧地名，江户时代从京都（关西地区）来看，指东京、镰仓等关东地区。
② 在明治时代，一尺约为 30.3 厘米，文中的母亲身高刚够五尺，约为 151.5 厘米。

美，我却是老态龙钟。我个头比母亲高，总是俯视着她。尽管如此，我觉得自己还是幼童，母亲还是母亲，而且认定时间和地点就是明治二十七八年的割下水。正是因为是梦所以才会这么认为吧。

母亲知道自己的儿子生了一个叫净吉的孙子。然而净吉五岁那年，也就是昭和三年，母亲去世了，所以她不可能知道嫁过来的孙媳妇飒子。飒子和净吉的婚事，连我的妻子都强烈反对，如果母亲能活到净吉成人的时候，她也会极力反对的。也许他俩根本就结不成婚。不，母亲从一开始就不会考虑迎娶一个舞女出身的孙媳妇。然而飒子不仅进了门，还把她的儿子——就是我，迷得神魂颠倒。为了让飒子允许我爱抚她，我竟以三百万为代价，给她买了猫眼石。这件事若让母亲知道了，她可能会目瞪口呆，气晕倒吧。要是父亲在世的话，我和净吉肯定会被逐出家门的。不过，如果目睹了飒子的花容月貌，母亲又会作何打算呢？

据说母亲年轻时是个美人，我还记得她当年的风采。直到我十五六岁时，母亲还是貌美如初。我心中浮现出母亲年轻时的容貌，把她与飒子比较了一番，发现她们截然不同。飒子也是公认的美人，这也正是净吉娶飒子为妻的重要原因，但从明治二十七年到明治三十五年之间日本人的体格发生了巨大的变化。母亲的脚也很美，可看了飒子的脚，才发现两人的美完全不同，我甚至不能想象她们同有一双人类的且同为日本女人的脚。母亲的脚小巧玲珑，几乎能放在我的手掌上。她脚上穿着草编面儿的木屐，走起路来内八字特别明显。（如此说来，梦中的母亲穿着黑绸外褂，脚上却没穿袜子，是特意让我看她的脚吧。）明治时期的女人，不仅是美女，女人都是那么脚尖朝内走路的，宛如天鹅走路一般。但是飒子的脚像柳鲽鱼那样雅致而细长。飒子常自豪地说："一般日本人的鞋子是扁平的，我穿着不合适。"恰恰相反，母亲的脚是扁平的。每当看到奈良三月堂的不空绢索观世音菩萨①的玉足，我总会想起母亲的脚。这尊观音也不高，与母亲身高一样，身高不足五尺的女人并不稀奇。我也是明治年间出生的，所以个头较矮，才五尺二寸，而飒子比我高一寸三，身高一百六十一点五厘米。

面部化妆的方法也与过去大不一样。以前的人化妆简单。已婚女人、大概虚岁十八九岁以上的女子都要剃掉眉毛、染黑牙齿。明治中期以后这一习惯才逐渐消失，而在我幼年时代依旧如此。我至今还记得染牙时铁浆散发出的特殊气味。今天的飒子如果见到旧时的母亲会作何感想呢？飒子把头发烫成波浪卷，戴着耳环，把嘴唇涂成珊瑚粉、珍珠粉、咖啡色等颜色，描眉、涂眼影，粘上假睫毛，这还不够，再用睫毛膏把睫毛刷得长长的。白天画上深褐色的眼线，晚上再涂上眼影，让眼睛更漂亮。修饰指甲也同样繁琐，我没有耐心详细描述了。同为日本女人，在六十年的岁月里经历了多么大的时代变迁啊。细想一下，我自己不由得惊讶万分，我这是活了多久，经历了多

① 不空指毫无遗漏，大悲绢索指捕捉鸟兽的工具，是拯救一切众生的观音。

少变迁啊。母亲在明治十六年生下了儿子督助，就是我。如果让母亲知道我还活在世上，还迷恋上了一个叫飒子的女人，而且这个女人竟是她的孙媳妇，母亲会有何感想？更甚者，我以受飒子虐待为乐，为了换取她的爱不惜牺牲妻儿的利益。母亲做梦也不会想到吧，从她去世那年也就是昭和三年算起，三十三年后自己的儿子竟然变成了这样一个疯子，还把那种女人娶进门做儿媳妇。不，就连我自己也万万没料到事情会发展到这步田地。

十二日。……下午四点左右老伴和陆子进来了。好久没见到陆子来我这间屋子了。自从七月十九日被我拒绝后，陆子就不再理我了。她和老伴、经助去轻井泽的时候就故意不回娘家，在上野站和他们会合。前几天在轻井泽她也尽量不给我打照面，今天却和老伴一起来，这其中定有缘由。

“前一阵子孩子们放暑假，多有打扰。”

“有事吗？”我直截了当地问。

“也没什么事……”

“是吗？孩子们很活泼呀。”

“谢谢您。托您的福，他们今年玩得也很开心。”

“可能平时不怎么见吧，觉得三个孩子一下子都长高了。”

这时，老伴插嘴说：“先不说这个了。陆子听说了一件有意思的事，也想说给您听听。”

“是吗？”我猜她又来提那些烦人的事了吧。

“您还记得油谷先生吧。”

“去巴西的那个油谷吗？”

“您记得油谷的儿子吧，净吉结婚的时候，他夫妇俩代替油谷出席婚礼……”

“这事儿哪能记得呀。他怎么了？”

“我也记不清楚了。不过，油谷先生的儿子因为和鉾田有工作上的关系，最近走得比较近，两人经常见面呢。”

“说来说去，他到底怎么了？”

“也没什么。陆子说上个星期天油谷夫妇正巧在附近办事，就顺便去了鉾田家。她还说，细想一下，说不定是那位爱传闲话的油谷太太为了汇报此事专门去的鉾田家呢。”

“什么事？”

“哎呀，您还是问陆子吧。”

我躺在安乐椅上，她俩原先并排站在我面前，然后她俩一屁股坐在了沙发上，陆子接着老伴的话继续往下说。陆子与飒子仅差四岁，可俨然一副中年妇女的样子。她说油谷太太是个长舌妇，她自己也是半斤八两吧。

“前几天，我们从轻井泽回来的第二天晚上，就是上个月的二十五日晚上，后乐园体育馆有一场东亚次轻量级拳击比赛。您知道这事吗？”

“我怎么会知道呢！”

“反正有的。在那晚的比赛中，日本最轻量级第一名坂本春夫击败了泰国最轻量级第一名悉力诺伊・鲁库布拉库里斯，首次获得了锦标赛冠军啊……”

“悉力诺伊·鲁库布拉库里斯”这么长的名字，陆子竟说得如此流畅，我真是服了。只听一遍，我根本不可能记住，更不可能一口气说出来，会咬住舌头的。陆子不愧是长舌妇啊。

“——油谷夫妇早早地就进了场，想从热身赛看起。油谷太太坐在前排的看台席，右边空着两个座位，正式比赛快要开始时，只见一位身材苗条的夫人，一只手拎着驼色小包，一只手甩着轿车钥匙走了进来，坐在了他们右边。您猜她是谁？”

“……”

“油谷太太说只在婚礼时见过飒子，从那以后七八年过去了，也难怪人家记不得自己了。况且参加婚礼的宾客众多，人家根本不会把她这样的人放在眼里的。但是她绝不会忘记飒子的，因为飒子太漂亮了，美得让人过目不忘，而且现在比那时更漂亮了。油谷太太还说，觉得不跟飒子打个招呼不太好，刚要问‘您是不是卯木先生家的少夫人’，这时又来了一个陌生男人坐在了飒子身边，看样子是熟人，和飒子亲热地聊着，所以就没去打招呼。”

“……”

“哎呀，先不说这个了。——也不是什么好消息，那件事还是让老太太给您说吧。”

“哪能有什么好事！”这时，老伴又插嘴了。

“那件事请老太太说吧，我不太方便。总之，最先吸引油谷太太眼球的是，飒子手指上闪闪发光的猫眼石戒指。因为飒子刚好坐在油谷太太的右边，所以戴在她左手上的戒指被油谷太太看得清清楚楚。油谷太太说见过猫眼石，可那么大个、那么漂亮的猫眼石还真是难得一见。足足有十五克拉以上吧。老太太说从来没见飒子戴过这样的戒指，我也没见过。那么，飒子什么时候买的？”

“……”

“提起这个，我就想起了岸首相[1]当时从法属印度支那还是哪儿买了猫眼石而招致非议的事啊。当时报纸上说那宝石价值两百万呢。在法属印度支那一带宝石比较便宜，所以那边要是两百万的话，拿到日本后价格会翻上一倍吧。这么说飒子的猫眼石价值不菲吧。”

“那么贵的东西，是谁？又是什么时候给她买的？”老伴又插了一句。

“油谷太太说因为那个宝石太耀眼了，忍不住睁大眼睛一直盯着它看。飒子显得有点不好意思，从包里取出蕾丝手套戴上。可谁知不仅没遮住，透过蕾丝的猫眼石反而更光彩夺目。那手套好像是法国制的手编蕾丝，还是黑色蕾丝——黑色更能衬托出宝石的光彩啊。或许是为了这个效果，飒子才特意戴上手套的吧。我说‘您观察得真仔细啊’，油谷太太说‘因为飒

---

① 岸信介（1896—1987），1957年至1960年任日本首相。

子坐在我的右边，戒指戴在左手上，当然看得一清二楚！’她接着说那天晚上只顾看蕾丝手套里面的东西了，错过了精彩的拳击比赛。”

……

四

十三日。接着昨天陆子的话继续写。

“老爷子，您说呢，飒子不会有那么贵重的东西吧……”

老伴迫不及待地刨根问底。

“……”

“什么时候给她买的？”

“什么时候有关系吗？”

“当然有关系了。您怎么会有那么一大笔钱呢？您明明对陆子说花销太多、手头紧呀。”

“……”

“您所谓的花销原来是这么回事！”

“就是这么回事！”

老伴和陆子都惊讶得说不出话来。

“我就是有钱给飒子，没钱给陆子。”我先要震住她俩，突然又想出了一个好借口。

“老婆子，我一提到翻盖养老居所，你不就反对吗？”

“当然反对了，谁都不会赞成这么不孝的想法。”

“这么说，你真是孝顺的儿媳妇呀，二老在九泉之下也会感激你的。那么，原先准备翻盖房子的钱，不就富余出来了吗？”

“就算富余出来，也不应该给飒子买那么贵的东西。”

“怎么不行？又不是给外人买，是给咱们家的宝贝儿媳买的。二老若地下有知，也会夸我做得对，真是他们的好儿子。”

“翻盖房子的钱不止这些吧，剩的还有吧。”

“哈哈，当然还有了，买宝石只用了一部分。”

“剩下的打算怎么用？”

“怎么用，那是我的事，你不要过多干涉。”

“不过，您打算用在什么地方呢？说出来，我也给您参谋一下啊。”

“为她做点什么好呢？从何做起？飒子说过院子里要是有个游泳池就好了，那就先给她修个游泳池吧。这样的话，她该多高兴啊。”

老伴无语了，眼都瞪圆了。

“游泳池需要这么早就开始建吗，不是已经秋天了吗？”陆子说。

“据说等混凝土干透需要一段时间，即使现在开工，也得四个月左右才能完工。飒子都调查清楚了。”

“完工就到冬天了啊。”

“所以不用那么着急，慢慢施工，到明年三四月份完工就行。不过，早一日完工就能早点看到飒子的笑脸啊。”

这时，陆子也沉默了。

“再说，一般人家的游泳池那么小，飒子不喜欢小的，她想要至少长二十米、宽十五米的。不然的话，她擅长的花样游泳就施展不开。她说要表演给我一人看的，她为了给我表演，才要建游泳池的。”

“即便这样也不错啊。自己家里要是有个游泳池的话，小经助也会高兴的……”

听陆子这么一说，老伴就说：

“她一点都不关心经助，连学校的作业，也推给做家教的学生后就不再管了。您也一样不关心孩子，所以咱们家的孩子真可怜呐。”

“游泳池建好后，小经助自然就会跳进去游泳了，让过堂的孩子们也多过来游泳吧。”

“是啊，随时都可以来啊。”

没想到在这儿被她们反击一下。我没有理由说不让经助和过堂的孩子们来游泳，不过，学校七月下旬才放假，我只要八月份一放暑假就打发他们去轻井泽度假就行了。最令人头疼的问题是春久。

“对了，建游泳池的费用是多少？”

对于这个意料中的问题，我早有准备。而老太太和小老太太忙乱中竟然忘了这个重要的问题，我松了口气。老伴和女儿的目的不仅仅在于此，而是步步逼近，先迫使我坦白猫眼石的事，让我无话可说，再追究飒子和春久的关系。可那样一来事情就严重了，所以这种道听途说的事不能随意说的。就在她们母女俩犹豫的时候，我摆出了一副强硬的架势，最终她们没有再追问下去。但是她们不会就此罢休的……

十三日是大安。傍晚净吉夫妇去参加朋友的婚礼。近来他们夫妇很少结伴出门。净吉身穿西式晚礼服，飒子身穿日式礼服。虽说到了九月，天气还很热，穿洋装就可以了，可飒子却要穿和服，这也是近来少有的。她穿着一越绉绸质地的白色和服，下摆印有浓淡相间的墨色枝椏图案，枝椏周边是淡蓝色的阴影，领口处隐约可见蓝色的衬里。

“怎么样？老爷子，您过来看看吧。”

“转过身，再转一圈看看。”

系在和服上的腰带是罗纱质地的，以夹有银色丝线的淡蓝色为底色，织有淡黄和金色丝线的乾山[①]风格的陶绘花纹。腰带结打得小巧玲珑，垂下的部分比平时略长。腰带衬垫也是罗纱的、呈白底渐粉的渐变色，束在腰带上的细绦带是用金银丝线捻成的。她手上戴着翡翠戒指，左手还拿着一个小巧精致的白色镶珠手袋。

“偶尔穿一次和服也不错啊，不戴耳环和项链是明智之举。”

“您是行家呀。”

---

① 尾形乾山（1663—1743），江户时代的画师、陶工。

阿静拿着木屐盒子从飒子身后走了进来，然后取出木屐摆在飒子跟前。穿着拖鞋来的飒子故意在我面前穿木屐给我看。木屐的面层由银色丝线织成，底部很厚，木屐系带里层是粉色的。因为是新做的木屐，所以夹趾的地方怎么也穿不进去。阿静蹲下来帮着穿，弄得满头大汗。飒子好不容易才穿上，走了两步给我看。她得意的是，穿上白色分趾袜子后就掩盖住了突起的脚踝。或许她穿和服就是为了让我看到这些，才故意在我面前晃一晃的吧……

十六日。近来每天都持续高温。九月中旬还这么热，有点反常。可能是天气的原因吧，我的脚变得很沉，还浮肿起来，从小腿到脚背尤其严重。用手摁一下靠近脚趾的地方，陷下去很深，而且很久都不会复原，甚是吓人。左脚第四个和第五个脚趾完全麻痹了，趾腹肿得像葡萄似的，从脚踝往上到小腿都肿了，但脚底肿得最厉害，感觉就像粘着一块铁板那样沉重。不仅左腿肿胀，两只腿都肿了，走起路来两条腿绊来绊去，几乎行走不动。坐在走廊上穿木屐时，一次是穿不进去的，稍微晃悠一下，脚就踩到了脱鞋用的石板上，有时还踩到了地上，脚底也弄脏了。以前也有过这类症状，但最近特别明显。佐佐木很担心，每天让我平躺着，还让我两膝交叉，检查是否有脚气，可好像没有什么脚气。

佐佐木说："请杉田医生来为您仔细诊察吧，好久没做心电图了，有必要做一下。这次浮肿的情况令人担忧啊。"

今天早上还发生了一件事。佐佐木扶着我在院子里散步时，本来应该关在笼子里的那条柯利牧羊犬，不知怎么搞的窜了出来，突然向我扑来。牧羊犬可能是跟我闹着玩的吧，可我被这突如其来的东西吓了一跳，感觉就像猛兽出笼一样。我来不及躲闪，一下子就被它扑倒了，仰面朝天地倒在了草地上。虽不怎么疼，但后脑磕了一下，脑袋里轰轰直响。我想要爬起来，可是大半天也爬不起来，几分钟后靠着手杖才慢慢站了起来。它扑倒我之后，又扑向了佐佐木。听到佐佐木的尖叫声，飒子穿着睡衣就跑了过来。

“莱斯利，干什么!”

飒子瞪它一眼，轻轻训斥了一下，它立刻变得温顺起来，跟在飒子后面，摇着尾巴朝狗舍那边走去。

“没伤着您吧?”佐佐木一边拍打着我浴衣上的灰尘，一边问道。

“没受伤。不过，被那么大的家伙扑倒在地，本来就走不稳的老人就更不行啦。”

“幸亏摔倒在草地上了。”

我和净吉本来都喜欢狗，以前也养过狗。但是我们养的都是一些小型犬，像万能㹴犬、猎獾犬、斯皮茨犬之类，净吉自从和飒子结婚后才开始养大型犬。记得他们结婚刚过半年，净吉说“想养条狼犬”，不久就弄来一条漂亮的狼犬，还聘请了训狗师每天进行训练。要给它喂食、洗澡、梳毛，照顾起来非常麻烦，所以从老伴到女佣们都是牢骚满腹。不过，净吉执意要养下去，当时我已将此事写进了日记。后来细想一下，这肯定不是净吉的意思，而是飒子软磨硬泡的结果，可我当时没有察觉到。两年后那条狼犬因染上犬瘟死了，这回她终于现出了原形，亲口说要养一条家犬来代替狼犬，于是从宠物店买了回来。飒子给它起名叫库帕，对它非常宠爱，还让野村开车载着她和狗满街逛悠、招摇过市。因为她常牵着狗在附近散步，以至于有人说少夫人对库帕比对经助还亲热呢。可是后来那只库帕好像被老狗咬伤了，不久得了丝虫病，水肿而死。因此她第三次买了狗，就是这条柯利牧羊犬。据血统书上说，它的父亲生于伦敦，名叫莱斯利。于是就用了同一个名字，把它的儿子也叫作莱斯利。这些事在我当时的日记里应该也有详细记载。莱斯利受飒子宠爱的程度并不次于库帕。似乎是陆子她们在老伴面前煽风点火的缘故，两三年前就有人开始提意见，认为家里不宜豢养柯利这类大型犬。

他们的理由很充分。两三年前，老爷子的腿脚还硬朗的时候，被大狗扑倒一下也不用担心，而如今情况不同了，甭说是狗了，被猫扑一下都会摔倒吧。我家院子里不全是草坪，还有一些斜坡、台阶和石子路，要是被狗扑倒在那样的地方，磕伤的话就麻烦了。眼前就有这样的例子，某某家的老人仅仅被狼狗绊了一下就摔成了重伤，入院三个月，至今还打着石膏呢。所以老伴让我去告诉飒子，不要再养大型犬了。她还抱怨说自己也会委婉劝说，但她来说的话，飒子不会听的。

“她那么喜欢养狗，阻止她的话，她会伤心的……”

"您说得没错。可到底是您的身体重要，还是狗重要?"

"就算不养了，那么大的狗怎么处理?"

"喜欢狗的人肯定会要的。"

"小狗还好说，那么大的狗不好养啊。再说了，我也不讨厌莱斯利呀。"

"您是害怕飒子生气吧，不怕摔成重伤吗?"

"那你去跟飒子说呀。如果她同意的话，我没意见。"

其实，老伴至今也没去说。即使没有此事，"少夫人"的权力已渐渐凌驾于"老夫人"之上。她俩有可能因为一条狗的处理问题而闹翻脸，老伴顾虑这个，就不好轻易去挑起事端。

说句实在话，我也不怎么喜欢莱斯利。静下来细想，我才意识到自己也只是在飒子面前装作喜欢它而已。每当看到飒子带着莱斯利开车外出时，我内心有种莫名的失落感。如果她和净吉同乘一车，那是理所当然的，就算和春久同行，我也认了。但是我怎么能嫉妒一条狗呢？正因如此，我才恼火呢。加之这条狗长了一副贵族相，显得优雅高贵，甚至可以说它比酷似黑人的春久还要英俊帅气。飒子让它坐在副驾驶座上紧挨着她的身体，开车时搂住它的脑袋，还用脸贴着它的脖子。大街上的人们见到她这副样子一定很反感吧。

"少夫人在外边很少有那样的行为，老爷在场时她才这么做的。"野村对我说。果真如此的话，那就说明飒子企图要弄我。

这样说来，我想起了一件事。自己出于讨好飒子的心理，在她面前言不由衷地对莱斯利说话温柔，还从笼子外边扔点心喂它吃。这时，飒子突然绷起脸呵斥我：

“老爷子，您在干什么呢？请不要随便喂它点心什么的。——您看，它是经过专门训练的，不会吃您喂的东西的。”

说着，她独自走进了狗舍，故意炫耀自己和狗亲热，还把脸贴近它，跟接吻差不多了。她得意地笑着，仿佛在说：“您吃醋了吧？”

我为了博取飒子的欢心，即使被狗扑倒受伤也在所不惜。如果因此而死，倒也正合我意。但是，不是被她踩死，而是被她的狗踩死的话，我就无法接受了……

下午两点，杉田医生来出诊。其实今天他不过来也行，但“狗事件”发生后，佐佐木立刻告诉了他，因此他才来的。

“听说您受惊了？”

“哪里，没事的。”

“不管怎样，先给您检查一下吧。”

他让我躺下，仔细检查了四肢和腰部。肩部、肘部和膝盖的风湿痛以前就有，和莱斯利无关。所幸的是似乎没检查出被莱斯利伤到的地方。杉田反复听了几遍心脏，检查了后背，还让我深呼吸，然后用便携式心电图仪器给我做了心电图。

“您不用担心，我回去后就通知您检查结果。”杉田说罢便告辞了。

到了晚上，检查报告出来了。

“心电图的结果并无明显异常。因为上了年纪，难免多少有些变化，但与上次检测时相比差别不大。关键是有必要做一次肾脏检查。”

二十四日。佐佐木说今天傍晚想请假去看孩子。从上个月到现在她一直没去，所以我只好同意。按说明天上午应该返回，但明天正好是星期天，从星期六到星期天这两天时间，佐佐木想多陪孩子一会儿，这对佐佐木来说求之不得。不过，飒子会怎么说呢？有必要问问她。老伴说过，七月以后就不再替佐佐木值夜班了。

“可以啊。她难得回去团聚，就让她去吧。”

“你没关系吗？”

“您为什么这样问？”

“明天是星期天呀。”

“我知道啊。那又怎么了？”

“你也许觉得无所谓，可这阵子净吉不是经常出差吗？”

“您是什么意思？”

“他难得星期六、星期天在家啊。”

“您到底想说什么？”

“他偶尔也想在自己家搂着老婆睡个懒觉吧。”

“就连您这样不怀好意的老人有时也为儿子着想啊。”

“赎罪呀。”

“多管闲事，说不定净吉还嫌您多事呢。”

“也可能吧。”

“好了，好了。您就少操点心吧。今天晚上我一定会替佐佐木照顾您的。您起得早，所以等您起了我再回到他那里也不迟呀。”

“那样会把熟睡中的他弄醒的，打扰他休息啊。”

“什么呀，他可能睁着眼等我呢。”

“你真有一套啊！”

晚上九点半入浴，十点就寝。像上次那样，阿静又搬来了藤椅。

“你还睡在那上面？”

“睡哪儿都行，您别管了，快睡吧。”

“睡在藤椅上会着凉的。”

“就是怕着凉才让人多拿几条毛毯的。阿静办事周全，交给她就行了。”

“要是害你得了感冒，就对不住净吉了。——不，不仅仅是净吉。”

“真烦人啊。看样子您又想吃卡溴脲了？”

“两片可能不起作用吧。”

“您又胡说了。上个月吃了两片立刻见效，刚服下您就睡得像死人一样，张着嘴还直流口水呢。”

“我的样子有点失态啊。”

“随您想象吧。不过，我陪您的时候，您为什么戴着假牙睡觉呢？我知道您总是摘掉假牙后才去睡觉的。”

“晚上睡觉时摘掉它当然舒服了。可是摘掉后一下子变得丑陋不堪哪。要是被老伴和佐佐木看见了，倒也没什么。”

“您以为我没看见过吗？”

“你看见过吗？”

“去年您痉挛发作时，不是昏睡了半天时间吗？”

“就是那次看见的？”

“假牙什么的，有没有都差不多。光想着遮丑，才不正常呢。”

“我并不想掩盖什么，只是不想让别人不愉快。”

“您觉得不摘假牙就能遮丑吗？真奇怪！”

“那就摘了它。——你瞧瞧，我这张脸——”

我从床上起身走到她面前，当着她的面摘掉了上下两排全口假牙，然后把它放进床头柜上的假牙盒子里。我故意使劲咬紧上下牙龈，尽量让脸颊瘪进去，鼻子塌下来，耷拉在嘴唇上。我这张脸还不如黑猩猩好看，我的嘴一张一合地磕碰着上下牙龈，还在口腔里蠕动着黄色的舌头，尽情地表演给飒子看。她目不转睛地看着我的脸，突然从床头柜的抽屉里拿出一个带柄的小镜子举到我的眼前。

“让我看您那张脸，太无聊了！倒是您自己，仔细看过自己的脸吗？如果没有的话，请您先看看吧。——瞧，就是这副样子。”说着，她把镜子支在了我的面前。

“这副尊容，怎么样？”

“又老又丑，无法形容。”

我看了镜中自己的脸，又去看飒子那张漂亮的脸，怎么也不能相信这两张脸竟然属于同一种生物。我越是觉得镜中自己的脸丑陋，就越是觉得飒子这个生物格外优秀。我甚至遗憾地认为，镜中我那张脸再丑陋一点就好了，那么飒子会显得更出色。

“好了，睡觉吧。老爷子，快回到您的床上。”

“想让你把卡溴脲拿过来。”

“今晚也睡不着吗？”

“和你在一起总是抑制不住兴奋。”

“看过自己那张脸，就兴奋不起来了吧。”

“看完自己的脸再看你的脸，更兴奋不已啦！这种心理，你岂能明白！”

“我真的不懂。”

“也就是说，我越是丑陋不堪，就越是衬得你美若天仙。”

她心不在焉地听着我的话，然后出去拿药了。一会儿，她手指上夹着一根 KOOL 牌香烟回来了。

“张大嘴巴，这药吃上瘾了可不好，所以今晚也吃两片。”

“嘴对嘴喂我，好吗？”

“请您先想想自己那张脸，再提出要求吧。”

不过，她还是用手捏着药放进了我的嘴里。

“哎，你什么时候开始抽烟的？”

“最近偶尔在二楼偷偷抽几口。”

说着，她打着了手里的打火机。

“我对抽烟也不怎么感兴趣，不过，这也是一种装饰啊。

今晚抽一根，除除异味儿。”

……

二十八日。……雨天，手脚疼得更厉害，从下雨前一天就有预兆了。今天早上从起床开始手部麻痹、脚部浮肿和痉挛都加重了。因为下雨不能去院子里散步，我只好在走廊上转转，可也很费劲，摇摇晃晃快要摔倒似的，真害怕从走廊边摔下去。手部麻痹已经从肘部扩散到肩部，这样下去会不会导致半身不遂呢？傍晚六点左右开始，我感到双手特别冰凉，简直就像泡在冰水中，变得毫无知觉。不，说是无知觉，可要是冷到这种程度，就感觉和疼痛差不多了。但是别人一摸我的手，都说不凉，和一般人的手一样。只有我本人感到冷得受不了。以前也有过这样的情况，大多在隆冬季节，但也未必都是冬天。然而像今天这样，在九月份就犯病的情况实在少有。按照以前的经验，感觉冷的时候就把大毛巾浸到热水里，然后用毛巾把手和胳膊都包上，外面再裹上一层厚厚的法兰绒，然后在上面放上两个铂金怀炉。尽管这样，十分钟后还会凉，所以先端来一盆热水放在我的床头，把毛巾泡热再包上，如此反复五六次。由于热水会变凉，便拿来了热水壶，不停地往洗脸盆里加热水。今天也反复用了这个方法，冰冷感才渐渐减轻了。

五

二十九日。昨夜，由于浸泡了很长时间的热水，手痛有所缓解，方能安然入眠。但是早上醒来我觉得又疼了起来。雨过天晴，身体无恙的话，在这样秋高气爽的日子里该多么惬意啊。我竟然有四五年没享受过这种清爽的好天气了。每想至此，不禁懊悔、气愤。服用了三片德尔辛。

上午十点测血压。降到了105/58。在佐佐木的劝说下，我吃了两片咸饼干配一点奶酪，喝了一杯红茶。大约十分钟后又测了一次血压，升到了158/92。这么短的时间，血压变化如此之大，是个不好的兆头。

“请不要写得时间太长，怕您会再疼。”佐佐木看见我正在写日记，便说道。我没让她看过日记的内容，但是一写日记就需要她频繁地来照料我，所以她大概能猜到我写的内容吧。即使她猜到了也没办法，说不定哪天还得让她帮我研墨呢。

“疼得轻的时候，写点东西可以排解一下。疼得厉害的话，就写不成了。趁这工夫，你先去忙吧，不用守在这里。”

下午一点午休，我迷迷糊糊地睡了一个小时左右，醒来发现浑身是汗。

“这样会感冒的。”

佐佐木又进来给我换下了湿透的内衣。我的额头和脖子周围都黏糊糊的，很不舒服。

“德尔辛倒是能止痛，可是出这么多汗，真的吃不消啊。有没有其他的药？”

下午五点杉田来出诊。可能是药劲儿过去了吧，又开始了剧烈疼痛。

“老爷说吃德尔辛总是出汗，太难受。”佐佐木对杉田说。

“真是不好办啊。我说过几次了，根据X光的检查结果，这种疼痛二三成是由脑中枢引起的，其余的六七成是由颈椎的生理变化引起的神经痛。要想治疗，除了通过活动床和牵引法来消除神经压迫之外，别无他法，而且需要坚持三四个月。你们担心老年人身体承受不了，这个也不是没有道理。但这样的话，只能靠药物暂时缓解了。药倒是不少，可是德尔辛不行，诺布隆也不行，那就先注射腮腺激素试试吧，可以暂时缓解一下疼痛。”

注射之后，我感觉舒服了一些……

十月一日。手疼仍在持续。小拇指和无名指疼得最厉害，往大拇指方向略微轻些，但渐渐地五根指头都疼起来了。不光是手掌，从手掌到手腕，再到紧连着小拇指的尺骨茎突和桡骨茎突，都很疼痛。手腕疼得不能灵活转动了，手腕的麻痹也最厉害，分不清哪里疼痛哪里麻痹。下午和夜里注射了两次腮腺激素……

二日。止不住疼。佐佐木和杉田医生商量后给我注射了止疼针……

四日。我不想注射诺布隆，所以就试了试栓剂，也不怎么见效……

九日。从四日到今天一直疼痛，连写日记的精神都没有了，整天躺在床上，佐佐木每天寸步不离地看护我。今天有点精神，想少写一点。这五天来我服用并注射了各种药物，有匹拉比妥、伊格比林，还有腮腺激素针剂、伊格比林栓剂、杜冷丁、溴米那针剂等等。我让佐佐木把这些用过的各种药名都告诉我。除此之外可能还有一些，我一下子根本记不住。杜冷丁、溴米那等不是解痉药，而是安眠药。本来睡眠很好的我现在因疼痛不能入睡，要吃各种安眠药。老伴和净吉时常来探望我。

五日下午是疼得最厉害的一天。老伴第一次来房里看我时说："飒子说去不去探望呢，不知道如何是好。"

"……"

"我对飒子说，'还是去看一下吧。老爷子疼的时候，一看到你的脸就会忘记疼痛的。’”

“胡说！”

我一下子火冒三丈。我自己也不明白为什么发怒。若被飒子看到我这副可怜的样子，太难为情了，我正是顾忌这个才发火的。说实话，我不是不想见她。

“怎么？飒子来看您，不行吗？”

“不只是飒子，我也不让陆子她们来探望。”

“我明白的。前几天陆子来看您的时候，我把她赶回去了，并对她说，手再怎么疼，也不是要害部位，不用担心，不用进去看了。陆子哭了起来。”

“有什么好哭的。”

“五子也说要来看您，我硬是给拦住了。可是飒子来不好吗？您怎么会讨厌飒子呢？”

“胡说！胡说！胡说！谁说讨厌她了？那是太喜欢她了，正因为喜欢她，这个时候才不愿见她的。”

“哎呀，原来是这样啊。我真的没看出来呀，对不起。请您别生气，气大伤身啊。”

老伴就像哄孩子似的对我说，然后赶紧闪开了。我被老伴的话戳到了痛处，所以才气急败坏、恼羞成怒。老伴走后，我一人静思良久，其实用不着发那么大的火。飒子要是从老伴那里听说了，会采取什么态度呢？我忐忑不安起来。她能看穿我的五脏六腑，应该不会误解我吧……

“是啊，最好还是见见她，这两三天我找个机会先提出来……”

今天下午我突然这样想。今天夜里手肯定还会疼的——好像我期待手疼似的。我打算瞄准手最疼的那个时候，叫飒子过来。“飒子，飒子，疼死了！疼死了！救救我吧！”我要像小孩一样哭喊，飒子就会吃惊地跑进来。她可能会寻思：“这个老家伙是真哭还是做戏？说不定在打什么鬼主意呢。”然后她故作吃惊，假惺惺地走到我身边。“我找飒子有事，其他人不用在这儿守着。”我再喊几声，把佐佐木也轰出去。只剩下我们两个人的时候，我怎么开口好呢？

“太疼了！救救我吧！”

“好的，好的。老爷子，您说我该怎么做呀？做什么都可以，您吩咐吧。”她这样对我说的话，当然是再好不过了，但这似乎不大可能。难道没有什么好办法说服她吗？

“要是你肯和我接吻，我就能忘了疼痛。”

“吻脚不行。”

“吻脖子也不行。”

“不是真的接吻不行。”

我要是这样死乞白赖、嚎啕大哭、叫唤不停，会如何呢？就算是精明的飒子也会无计可施，不得不顺着我吧。近两三天我打算试一试。虽说要“瞄准手最疼的那个时候”，其实不是最疼的时候也行，装疼就行了。不过，得先把胡子刮掉呀，四五天没刮了，满脸胡子拉碴的。虽说这样更像个病人，效果更好，但考虑到接吻的话，这么胡子拉碴的就很不方便了。假牙也要先摘下来，还要悄悄地清洁一下口腔。……

就在我胡思乱想之际，傍晚起手又疼起来了，怎么也写不下去了……我搁下笔，呼喊佐佐木……

十日。注射了一针0.5cc的伊格比林。好久没有头晕目眩了，今天觉得天花板直打转，一根柱子看上去像两三根。这种症状大约持续五分钟后才恢复正常。另外，颈部有压迫感，服用鲁米那后睡觉。

十一日。疼痛和昨天的程度差不多，今天用了诺布隆栓剂……

十二日。吃了三片德尔辛，像往常一样大汗淋漓……

十三日。今天早上略有好转，趁机赶紧记下昨晚发生的事情。

晚上八点净吉来卧室看我，这段时间他都尽量赶在天黑前回家。

“怎么样？好些了吗？”

“好什么呀，反而越来越厉害了。”

“不过，您刮了胡子，看上去挺利索的。”

实际上我手疼，不方便用剃须刀，但今天早上我还是忍痛刮了胡子。

“连刮胡子都费了半天劲，可不管它的话，就更像个病人了。”

“让飒子给您刮不就行了吗？”

净吉这小子的这番话是何用意？他见我刮了胡子，会不会早已察觉到了什么？他不喜欢家里人随便使唤飒子的，大概是因为自己的老婆是舞女出身而自卑，才会这样吧。不过，这样竟助长了“少夫人”的气焰。当然，她变得任性、嚣张，我也不能推脱责任。但是净吉这小子作为丈夫从一开始就摆出了迁就她的态度。不知他俩独处时怎样，反正外人面前净吉非常迁就她。即使净吉再孝顺，他会真心实意地让自己的宝贝老婆去给父亲刮胡子吗？

“我不愿意让女人碰我的胡子。”

我故意这样说，心里却想象着美好的场面：我仰靠在椅子上，让飒子给我刮脸，能清晰看到她鼻孔的最深处，还看到了她那薄薄的红润透亮的鼻翼。

“飒子特别会用电动剃须刀。我生病时也让她刮过。”

“怎么？你也让飒子干这个？”

“让她刮胡子，没什么可奇怪的。”

“我没想到飒子会乐意干这些。”

“不光是刮胡子，什么都可以，您尽管吩咐飒子吧，什么都可以让她做呀。”

“她听话吗？你对我说这些没用，你能当面命令飒子吗？就说一切按照父亲说的去做！”

“当然可以，我一定这么吩咐她。”

不知道净吉是怎么对飒子说的，当天晚上刚过十点飒子突然来到我的房间。

“虽然您说不让我来，可净吉让我来，所以我就来了。”

“净吉在干什么？”

“又出去了，他说出去喝一杯。”

“我真想看看净吉把你带来后当着我的面命令你的样子，可是很遗憾啊。”

“他哪敢命令我呀。他看不太方便，所以早就逃出去了。——不过，我都听他说了，我说他在家碍事，找地方待着吧，就把他赶出去了。”

“那就好了。不过，还有一个碍事的人。”

“好的，我明白了。”佐佐木很识趣。

刹那间像约定好了似的，我的手又疼了起来。从尺骨茎突和桡骨茎突一直到五根手指的指尖，整只手僵硬得像棍棒一样，手掌内侧和外侧一阵阵绵密的疼痛，仿佛有蚂蚁在上面爬，但不是那种轻微的疼痛，而是强烈的剧痛。而且手冰凉得像插进米糠酱①里似的，又凉又疼，凉到几乎没有知觉，又因此加剧了疼痛。这种感受若非本人是不可能知道的，即便说给医生，他们也不会完全理解吧。

“阿飒，疼死了！”

---

① 将盐水等掺入米糠搅拌，使之发酵后做成的酱，用来腌菜。

我不禁叫了起来。果然，如果不是真疼，还真叫不出这种声音。装疼的话发不出如此逼真的叫声。首先我从没喊过她“阿飒”，可这次很自然地叫出来了。这样叫她，令我欣喜若狂。尽管还疼，可心里高兴啊。

“阿飒，阿飒，疼死了！”

简直就像十三四岁顽童的声音。这声音不是故意装出的，而是自然而然发出的。

“阿飒，阿飒，我的阿飒呀！”

我这样叫喊着，哇哇大哭起来。眼泪、鼻涕、口水一齐吧嗒吧嗒全流了下来。哇哇哇——我没有演戏，叫“阿飒”的一瞬间，我突然觉得自己回到了淘气任性的顽童时代，于是没完没了地大哭起来，想停也停不下来。啊，我是不是真成疯子了？我这样就是疯子吧。

“哇哇哇……”

我想，疯了就疯了吧，管它是什么样呢。而让我纠结的是，就在这么想的瞬间，我突然涌现出反省之心，害怕自己变成疯子。于是便开始演戏，故意装成孩子来耍赖。

“阿飒，阿飒，哇哇哇……”

“老爷子，别闹了！”

刚才还惶恐不安、不敢吱声地直盯着我的飒子，偶然和我对视了一眼，立刻就看透了我内心的变化。

“再装疯卖傻下去，会成真的！”她凑近我的耳边，用镇静、低沉的声音冷笑着说。

“您能装得那么像，说明离发疯也不远了。”她的语调里充满嘲讽，就像浇了我一头凉水。

“到底让我做什么，您说呀。您这么哭，我可什么也做不了呀。”

“那我就不哭了。”我变回了原样，若无其事地说。

“这就对了！我很倔强的，您跟我演戏，我只会更固执。”

接下来的事无须赘述。接吻还是泡汤了，她拒绝和我嘴对嘴，只是让我张开嘴，从离嘴一厘米左右的地方往我嘴里送了一滴唾液而已。

“这样可以了吧，还是不愿意的话就随您便了。”

“疼啊，疼啊，我真的很疼！”

“这下子该多少好点吧。”

“疼死了，疼死了。”

“又叫唤什么呢！等我走远了，您一个人随便哭吧。”

“啊，飒子，以后让我经常叫你阿飒，好不好？”

“荒唐！”

“阿飒。”

“又耍赖又骗人，才不会上你的当呢！”说完，她怒气冲冲地走了。

……

十五日。……今晚服用了0.3克的巴比妥和0.3克的溴米索伐。安眠药也经常换着用，否则就没有效果了。现在鲁米那对我来说丝毫不起作用。

十七日。杉田医生建议，请东大梶浦内科的梶浦博士来为我诊断。今天下午梶浦博士来了。几年前我脑溢血发作的时候请博士来看过几次病，所以我还记得他。杉田给他详细介绍了我这几年来的病情，还给他看了颈椎和腰椎的X光片子。博士说自己不是这方面的专家，所以不能确定左手的疼痛到底是不是由颈椎和腰椎引起的，但认为虎之门医院矫形外科的诊断是正确的。于是博士先把片子带回大学，请专业人士看过后再作明确的答复。不过，他说自己虽然不是这一科的博士，看X光片也能断定左手神经系统有异常。梶浦博士还告诉我，如果不愿意打石膏，也不愿意上活动床和做牵引的话，就没有其他办法来消除神经压迫，那就只能采取杉田那样的办法，依靠药物暂时缓解疼痛。药物中还是腮腺激素针剂效果最好，伊格比林的副作用很明显，不用为好。接着他又给我做了一番细致的检查，然后带着片子回去了。

十九日。梶浦博士给杉田打电话说，东大矫形外科和虎之门医院的诊断完全一致。

晚上八点左右，有人没敲门而小心翼翼地打开了门。

“谁呀？”我问，来人却没回答。

“谁呀？”我又问了一遍，原来是穿着睡衣的经助蹑手蹑脚地进来了。

“这么晚了，你来干什么？”

“爷爷，手还疼吗？”

“小孩子不用担心这个，你该睡觉了啊。”

“我已经躺下了，是偷偷跑来看您的。”

“去睡吧，去睡吧，小孩子不用操心啊。”

刚说到这里，不知怎么回事，我鼻子一酸哽咽起来，眼泪突然吧嗒吧嗒落了下来。此刻的眼泪与几天前在这孩子母亲面前掉下的眼泪，性质完全不同。那时是嚎啕大哭、老泪横流，而现在是默然泪下，眼里噙满了泪珠。我为了掩饰泪水慌忙拿起眼镜戴上，可镜片也立刻蒙上了一层雾，更是尴尬。这下子就瞒不住孩子了。

前几天的眼泪证明自己将疯，而今天的眼泪又意味着什么呢？前几天的眼泪在预料之中，今天的眼泪却出乎意料。我和飒子都喜欢恶作剧。明知道男人掉眼泪没出息，没想到自己太脆弱，面对屁大的事就轻易掉泪，又害怕别人知道这些。年轻时我看上去冷酷无情，对老婆等人总是很刻薄。可是老婆一哭，我马上就软下来服输了，所以我在老婆面前强忍着不让自己哭出来。总之，在外人眼里我是善良之辈，其实我是个多愁善感、性情乖戾、薄情寡义之人。我就是这么一个男人，听了一个可爱孩子的几句安慰话竟然感动得泪流不止，眼镜怎么擦也擦不干。

“爷爷，坚强点……再忍忍就会好的。”

为了掩盖自己的眼泪和哭声，我把被子蒙在头上。最让我生气的是，这些都被佐佐木尽收眼底。

“啊，马上会好的……你快上二楼去睡吧……”

我本想对经助这么说的，但说到“快上二楼去”的时候，声音奇怪地嘶哑起来，自己也不知道说了些什么。我蒙上被子，在一片漆黑中眼泪如洪水决堤般哗哗地流了出来。经助这小子要待到什么时候啊，还不快点去二楼啊。真讨厌！我越想越生气，哭得更厉害了。

大约过了三十分钟，眼泪完全干了之后，我才掀开被子露出脸来。这时经助已经回去了。

“经助小少爷说话真招人喜欢啊。”佐佐木说，“他小小年纪就知道担心爷爷的身体。”

“明明是个小孩子却说大人话，狂妄自大，令人讨厌。我最讨厌这样的。”

“哎呀，您怎么能这样说小少爷呢。”

“我说过小孩子不许到病房来，可他还偷偷跑过来了，孩子就得像个孩子样儿！”

都这把年纪了，还在小孩子面前那么脆弱地放声痛哭，这让我很生气。我寻思着，就算我眼窝子浅，为这般区区小事就流泪也太不正常了，说不定是死期临近的缘故吧。

……

二十一日。今天从佐佐木那里听到了一个有价值的消息。佐佐木说她以前在PQ医院工作过，昨天下午她请了一个小时的假去品川看牙科，在那家牙科医院偶然遇见了在PQ医院工作时认识的矫形外科的福岛博士。于是在候诊的时候她和福岛博士交谈了二十多分钟。博士问她现在做什么，她回答说在一户人家看护病人，由此谈到了老爷的手疼。她问博士，有没有更好的治疗方法，因为病人上了年纪，不愿意做牵引等其他费事的治疗。博士答道，也不是没有其他办法，但伴有危险性且难度较大，需要高超的技术，所以一般的医生无法完成，就是想做也做不了。但是博士说他能做，而且能成功。这种病的名称大概是颈痛综合征，第六颈椎有毛病的话，为了阻断这里的交感神经，在其横突起处注射利多卡因便可马上消除手部疼痛。只是颈部神经紧挨颈部大动脉的后部，在不触碰大动脉的情况下把针扎进神经里颇有难度，万一伤到大动脉的话就危险了。除了动脉，颈部还分布着无数的毛细血管。稍不留意把利多卡因注射到某条血管里的话，或者哪怕只是进入一点空气，就会导致患者呼吸困难。正因为如此危险，一般的医生不敢采用这个方法。但是福岛博士说他敢于冒险，迄今为止他已经给很多患者实施过这种手术，从未失手。所以博士说他有自信做好这个手术。然后佐佐木问他手术需要几天。他说仅需一天，手术一两分钟即可完毕，只是手术前需要做X光检查，总共有二三十分钟就够了。由于阻断了神经，手术一旦成功，疼痛就会立刻消除，仅忍耐半天就可以轻松愉快地回家了。最后佐佐木问我，是否下决心请他做手术。

“那位福岛博士可靠吗？”

“当然了。他在PQ医院矫形外科上班，挺可靠的。他是东大毕业的医学博士，我很早就认识他了。”

“真的没有危险吗？要是失败了会怎样呢？”

“博士既然都那么说了，应该没问题的。要不，我再去详细咨询一下？”

“真如他所说的那样，就再好不过了。”

我先去征求了一下杉田医生的意见，他觉得这个手术有一定的危险性，不太赞成让我做，“哎呀，真有那么高超的技术吗？真的话简直就是神医！”

二十二日。佐佐木去了PQ医院，见到福岛博士详细打听了一番。博士做了很多专业的说明，但详细内容我也没听懂。博士说，就像昨天他说的那样，至今为止他已经处理过几十个这样的患者，都用这种方法治愈了，所以他不认为这个手术像人们传说的那样难得离谱。患者们也没有感到特别不安和恐惧，都很轻松地接受了注射，病情立刻好转，欢喜而归。不过，要是担心的话，可添加一位麻醉师，使其备好氧气以防万一。也就是说，如果不小心把药液或空气打进血管的话，就马上把氧气管插入气管内输氧。一般患者都没做过这种准备，即便如此也没出现过问题。但是老年人接受注射的话，可以着手做些这样的准备，所以不用担心。

“您想怎么办？博士说绝不会勉强您的，您有顾虑的话最好别做。他请您三思——”

几天前的那个晚上，我被小孩子突如其来的几句话弄哭的事，到现在还不能释怀。细想起来，总觉得那是个不吉利的征兆。那天晚上我哭成那样，想必是死亡的预感已在心中萌发。我外表满不在乎，实则胆小如鼠、谨小慎微，这回居然被佐佐木忽悠了，要冒死去做那个危险的手术。可以想象这件事非同小可。没准儿到最后，正是这一针要了我的老命。

可是，我原本不是觉得何时死去都无所谓吗？不是早已做好死亡的心理准备了吗？今年夏天在虎之门医院医生说我颈椎有可能患癌的时候，陪同的老伴和佐佐木都吓得脸色苍白，我却格外镇静。如此坦然自若，着实让我感到意外。我的人生即将走到尽头了吧，想到这里，反倒放松起来，如释重负。既然这样，趁此机会碰碰运气又有何妨？万一运气不佳也没什么可惋惜的。像现在这样整天被手疼折磨，看见飒子也激发不了什么乐趣，再说飒子也把我当成了病人，不想搭理我，这样生活下去有什么意思呢？一想到飒子，我无论如何也要活下去，这回就听天由命吧。否则，活着也无聊至极……

二十三日。疼痛仍在持续。吃了杜冷丁睡下后，很快就醒了，又让佐佐木注射了一针镇静剂。

六点左右醒来，我又思考起昨天的问题。

我向来不怕死，但一想到此刻我正面临死亡——想到死亡已迫在眉睫——这种想象本身就很恐惧。可以的话，我希望在常住的这间房里安静地躺在自己的床上，被亲人们团团围住

（不！亲人们最好不要围在身边，尤其是飒子最好不在场。“阿飒，谢谢你多年来的关照”之类的告别想必很伤感，我又要泪如雨下了吧。这样一来，飒子也得装装样子挤点眼泪。我总觉得那样的话会很难为情，不如死得痛快点。希望在我临终时飒子无情地把我忘掉，只顾自己去看拳击比赛或者跳进游泳池里玩个花样游泳。啊，不过如果活不到明年夏天的话，我连飒子的泳姿也看不到了），我想在不知不觉中如熟睡一般死去。我不愿意被送到那个名不见经传的PQ医院的病床上，再被一群人围观。我不愿意被那些也不知道有多了不起的博士们——从未谋面的矫形外科医生啦、麻醉师啦、放射科医生啦——看似认真地摆弄着，紧张得透不过气来，垂死挣扎。置身于那样紧张的氛围之中，我就算想死也死不了啊。当我呼吸困难，呼哧呼哧地喘息，渐渐不省人事，被插上氧气管的时候，心情会怎样呢？我不怕死，但不能忍受随死亡而来的痛苦、紧张和恐惧。临死的刹那间，七十年生涯中堆积如山的坏事一定会像走马灯似的一幕幕地再现吧。你这家伙干了这么多坏事，还想舒坦地死去，真是想得美啊。现在受这份罪，理所当然，活该！——我仿佛听见有人这么说。还是不去PQ医院为好吧……

今天是星期天，阴天有雨。我还是想不明白，又去找佐佐木商量。佐佐木说明天是星期一，她先去拜访东大梶浦内科的梶浦教授，想听听他的意见，准备把福岛博士所讲的内容详细地告诉梶浦教授，看他怎么说。如果梶浦教授说可以注射的话就做手术，如果说绝对不要做的话那就不做。佐佐木问这样是否可以，我说就这么办吧。

二十四日。傍晚佐佐木回来了。她给我汇报说，梶浦教授说他不认识PQ医院的福岛博士，而且自己也不懂外科，关于能否手术的问题，没有资格发表深入的意见。教授又说，既然福岛博士是东大毕业的，又在PQ医院工作的话，首先是值得信任的，绝不会是江湖骗子或冒牌货。如果手术不成功，为避免危险肯定会采取万全之策的，所以还是应该相信那位博士。我私下盼着教授不赞成，那样的话反而轻松了。既然教授这样说了，只好去做。我注定要面对冒险前行的命运吗？我终究摆脱不了这样的宿命吗？我一边琢磨，一边寻找着逃避手术的借口，但最后还是决定去做。

二十五日。“我听佐佐木说了，手术有危险吗？您现在疼是疼，可就算不做那个手术，肯定也会慢慢好起来的。”老伴焦虑地对我说。

“就算失败了，也不至于死啊。”

“就算死不了，昏过去落个半死不活的样子，让人看着就难受。”

“这么想的话，还不如干脆死了呢。”我很悲壮地说。

“什么时候做手术？”

“医院那边说随时都行。既然决定了，最好还是早点做吧，明天就去。”

“稍等等吧，您总是那么急性子。”老伴出去了。不一会儿，她拿着一本高岛[①]编的占卜日历回来了。

“明天是先负，后天是佛灭，二十八日是大安，就是‘平安’啊，就定在二十八日了。”

“你还真迷信这老黄历啊。管它什么佛灭呢，越快越好。”我明知老伴反对，还这么说。

“那可不行，就定在二十八日吧，到那天我陪您去。”

“你呀，不用去。”

“不行，我要去。”

“老夫人如果能去，我就放心了。”佐佐木说。

……

二十七日。今天是佛灭之日，日历上写着“此日搬家、开店及其他，皆凶”。明天下午两点，老伴、佐佐木和杉田医生都会陪我去PQ医院，应该是三点开始注射。真不凑巧，今天一大早就疼得厉害，打了一针匹拉比妥。傍晚又疼起来了，用了诺布隆栓剂，夜里又打了一针杜冷丁。这药是第一次用，它不是吗啡，但也是麻醉药的一种。好不容易疼痛缓解了，能睡个安稳觉。从今天起好几天不能提笔，几天后我根据佐佐木的看护记录再补写吧。

---

① 高岛吞象（1832—1914），明治时代的易学大师。

二十八日。早上六点醒来。终于到了决定我命运的日子。我心中七上八下，抑制不住兴奋。医生说要尽量安静，所以我就一直在床上躺着。早餐和午餐都是让人送过来的，我说想吃中国菜东坡肉，还被大家取笑了一番。

“您这么有食欲，我就放心了。”佐佐木说。

当然，我并非真的想吃，只是强打精神罢了。午餐是一杯浓牛奶、一片烤面包、一个西班牙煎蛋卷、一个美洲红香苹果和一杯红茶。我本想去餐厅吃，说不定还能见到飒子，但佐佐木说“您不能去”，拦住了我，我只好老老实实地听话。饭后午休了三十分钟，自然也睡不踏实。

一点半杉田医生来了。他给我测量了血压，简单地做了检查。我们两点出发，杉田坐在我的右边，老伴坐在我的左边，佐佐木坐在司机旁边。就在汽车发动的时候，飒子的希尔曼也发动了。

“哟，您要去哪儿呀？”飒子停下车问道。

“去 PQ 医院打个针，一小时左右就回来。”

“婆婆也一起去吗？”

“你婆婆说害怕得胃癌，要顺便去检查一下。她呀，有点神经质。”

“反正就是这样呀。”

“你……”刚要叫，我赶紧改口说[①]，“你去哪儿？”

---

① 原文中“我”对飒子的称呼由“君”变为“お前”，与前文净吉的转变相同。

“去有乐座，那我先走了。”

听她这么一说，我突然想起来了，自从“洗浴季节”过后，好久没见春久那家伙了。

“这个月演什么电影？”

“卓别林的《大独裁者》。”

希尔曼先走一步，飞快地跑远了。

我吩咐大家不要把今天做手术的事张扬出去，所以飒子应该是不知道的。不过，老伴或佐佐木肯定告诉她了。她是故意装糊涂，为了委婉地鼓励我，她才等我去医院的时候出门的吧。也可能是老伴交代她这么做的。不管怎么说，能见到她，我挺高兴的。再说了，飒子就是个装糊涂的高手，今天她又像往常一样大摇大摆地去有乐座看电影了。——这是老伴的良苦用心吧。想到这里，我感慨万千。

我们按时到了医院，我马上就被送进了×××号病房，床头上挂着写有“卯木督助先生”的牌子，似乎形式上住院只需今天一天。我躺在病人专用的担架车上，穿过长长的水泥地走廊，被推进了X光室。杉田医生、佐佐木护士和老伴他们都跟着来了。老伴腿脚慢，气喘吁吁地追着担架车。为了方便检查，我穿着和服来的。老伴帮我把衣服脱掉，医生让我躺在又硬又滑的台子上把身体弯曲成各种姿势。像大型摄影暗箱一样的机器从天花板上垂下来，正好对着我的身体。从远处操作这么庞大而复杂的机器，有一定的难度，误差一毫米都不行，所以调节起来很费时间。由于是十月末，躺在冰凉的台上感觉有点冷。我本来手一直疼，大概是紧张过度吧，现在竟不觉得冷，也不觉得疼。医生让我先向左侧卧，然后向右侧卧，又从正面、后背、颈部拍了各种角度的照片。每次拍照都要调节那个暗箱，非常麻烦。按照医生的要求在X光穿过的那一刹那间我用力吸气。这里拍片与虎之门医院完全一样。

拍完后返回×××号病房，在床上躺下。X光片子刚洗出来，还湿着就送了过来。福岛博士仔细看了片子后说："现在开始注射吧。"说着，博士已经拿起了装有利多卡因的针管。

"请您起来，到这边站着，这样容易注射一些。"

"好的。"

我从床上下来，故意迈着稳健有力的步子，走到博士所站的明亮的窗边，与博士面对面地站着。

"那现在就开始了。一点也不疼，您不用害怕。"

"我不害怕，请你不要有顾虑。"

"明白。"

我感到针头扎进了颈部，真奇怪，既不疼也不痒。我的脸色应该没变化，身体也没有颤抖。我觉得自己非常沉着冷静。虽然常琢磨着"死了又怎样"，但并没有将死的感觉。博士先试着在局部扎了一针，又把针拔了出来。不仅是利多卡因，无论注射什么都一样。比如打维生素针也是这样。为了避免把药液打进血管中，慎重起见，要在注射之前先把针头拔出来看看，确认一下有没有血液混入，这是医学常识。谨慎的医生都不会掉以轻心的，况且又是这么重要的手术，福岛博士当然也会严守这样的程序。

“啊，不行。”这时，博士突然有点失望地说。

“至今我给很多患者打过这种针，一次也没有触碰过血管。今天不知怎么搞的，您看，这针里面混有血，恐怕是扎到毛细血管了。”

“那怎么办呢？要再来一次吗？”

“不行。失败的时候最好暂停下来。真的很抱歉，请您明天再来一趟吧。明天会成功的，我还没有失败过呢。”

我总算放下了心，抚摸了一下胸口，心想今天算是逃过去了，又多活一天。可一想到明天，就觉得还不如现在重打一针痛快呢，是死是活，立见分晓。

“博士太谨慎了，就出了一点点血，不该那么害怕呀。”佐佐木轻声说道。

“这正是福岛博士了不起的地方啊，还请来了麻醉师以防万一。谁都不想遇到这种情况，可是仅因为看见一点血就果断地中止手术，一般人很难做到的。这正体现了一个医者的高尚品德，作为医生都应该具备这样的责任心。今天我真的受教了！”杉田说。

约定明天的时间之后我们马上回家了。在车里杉田仍不停地夸赞博士的工作态度，佐佐木却反复说“下定决心打了，不就完事了吗？”总之，他们两位一致认为这次手术失败的原因是博士过于谨慎的缘故。如果像平时那样不去做那么多的准备，轻松地扎进去就行了。博士自己也太神经过敏了。

“在颈动脉附近扎针太危险啊。我从一开始就不赞成，明天您就别去了。”老伴说。

到家一看，飒子还没回来，经助正在狗舍前逗莱斯利玩。

晚饭还是在卧室吃的，遵医嘱，须静养。手又疼起来了。

二十九日。今天和昨天同一时刻出发，陪同者也全部一样。不幸的是手术经过也和昨天一样。今天也不小心扎到了血管，注射器里混入了血液。因为准备得太周全了，博士的失望更大了。这反倒让我们过意不去。大家商量了一下：尽管很遗憾，既然出现了不吉利的兆头，还是暂时停止比较稳妥。如果明天再失败的话就难办了，博士似乎也不想再折腾了。这回我真的放心了，松了一口气。

下午四点到家。壁龛里的插花换了，琅玕斋[①]花篮里插着雁来红和贵船菊。今天京都的插花老师来了吧。这么说，是飒子煞费苦心为我这个老人插的呢？还是说，她觉得这些花可能会成为枕花[②]而特别用心插的呢？挂了很久的荷风的字也换成了“浪花逸民”菅楯彦[③]的作品，画幅细长，上面画着烛台上燃烧着的明灯。楯彦喜欢在画上题汉诗、和歌，这幅画上还竖着题了一行出自《万叶集》的和歌。

---

① 饭塚琅玕斋（1890—1958），竹编艺术家，枥木县人，本名弥之助。

② 指装棺之前献在死者枕边的花。

③ 菅楯彦（1878—1963），被称为最具有大阪风格的画家，鸟取县人，自称浪花逸民，浪花即大阪一带。

夫君在何方，
妾身终难忘。
旅途路漫漫，
相隔两茫茫。

六

九日。去PQ医院以来，已经十天了。老伴说不久会好起来的，还真的有些见好了。虽说是靠着镇静剂扛过来的，但也许到了该好转的时候吧，服用药店里的药也多少见效，真是不可思议。我是个现实的人，见病情减轻就想去看看墓地。今年春天以来，我一直惦记着这事，干脆这个时候下决心去趟京都吧。

十日。……“稍微好一点，您就待不住了，真叫人操心啊。再观察一段时间怎么样？在火车上疼起来怎么办？”

“基本上已经好了，今天都十一月十日了，因为京都的冬天来得早，再拖下去天气就冷了。”

“不一定什么都要在今年办哪，等明年春天再说，行吗？”

“这和其他的事不一样啊，不能慢慢来的，这次可能是最后一次看京都了。”

“又说这种不吉利的话——您打算让谁陪着去？”

“和佐佐木两人去的话不太放心，让飒子陪着去吧。”

我去京都的主要目的就在于此，选墓地只是个借口。

“不住南禅寺吗？”

“带着护士去那里住，太麻烦了，再说飒子也一起去。——飒子说再也不想住南禅寺了，还是体谅她一下吧。”

“不管怎样，飒子去了五子那儿，俩人又要吵架的。”

“打起来才有意思呢。”我顶了老伴一句。

“提到南禅寺就想到了永观堂的红叶，真美啊！我从那次赏叶之后好多年没去了。”

“永观堂的红叶还早着呢，高尾和槙尾的红叶正好看着呢，可我这腿脚去不了啊。”

……

十二日。……我们乘坐下午两点半的回音号高速列车出发。老伴、阿静和野村送我们到车站。本来是我坐在靠窗的座位上，旁边是飒子，与佐佐木隔着过道。可列车开起来后，飒子说窗边风大，让我和她对调座位，于是我坐到了靠过道的座位上。真不凑巧，手又疼起来了，嗓子也发干，我让列车员送过来一杯茶，把事先放在兜里的止疼药偷偷地放到嘴里两片，我不想让她俩看到。要是被她俩发现了，又要小题大做。血压是出发前刚测量的，高压154，低压93。上车后我明显地感到自己很兴奋，其原因可能是：虽说旁边还有个“电灯泡”，但毕竟好几个月以来终于和飒子并肩而坐了；今天飒子的打扮看起来很有挑逗性（她身穿素色套装，可里面的衬衣很奢华，脖子上那条法国产的人造宝石项链垂在胸前，这款项链的国产货也很常见，但她的项链扣上镶有各种宝石，国产货模仿不了）。我血压高的时候就容易尿频，一尿频血压就升高，也弄不清哪个是因哪个是果。列车到横滨前我去了一次厕所，到热海前又去了一次。从座位到厕所较远，所以每次走到那里都踉踉跄跄地快要跌倒似的。佐佐木陪着我，十分担心。小便需要很长时间，第二次去厕所的时候，列车都穿过丹那隧道了还没有尿完。好容易尿完了，出来一看，快到三岛了。回座位时差点摔倒，幸亏抓住旁边的人才站稳了。

“是不是血压高了?”刚坐下，佐佐木就问。她马上过来为我诊脉，我生气地推开了。

就这样折腾了一路，晚上八点半到了京都。五子、菊太郎、京二郎都到车站来迎接了。

“姐姐，大家都来迎接了，真的过意不去啊。”飒子奉承地说道，这真不像她的性格。

“哪里，明天是星期天，大家都闲着呢。”

出京都站的时候要上好多台阶，我感到特别吃力。

“外公，我背您上台阶吧。”菊太郎在我面前蹲下，背过身去。

“别开玩笑呀，我还没老到走不动的程度呢。”我嘴上逞强，可还得让佐佐木扶着我，硬撑着一口气走上去，在休息平台也不歇歇脚，累得气喘吁吁。大家都担心地望着我。

“这次您要待几天？”

“怎么也得一周左右吧。反正会去你那里打扰一晚的，今天就先住在京都饭店。”

我懒得跟她啰嗦，就赶紧上了车。城山五子一家乘另一辆车跟着也来到了饭店。

两个房间紧挨着，一间是双人间，另一间是单人间，这是按照我的要求预订的。

“佐佐木，你睡在隔壁那间，我和阿飒住这间。”我故意当着五子他们的面这样称呼飒子，五子满脸惊讶。

“让我一个人睡吧，老爷子和佐佐木住一间吧。”

“为什么？住在一起不好吗？在东京时不是经常这样吗？”我故意说给五子听。

“佐佐木就睡在隔壁，尽可放心啊。阿飒就住这间，和我一起住吧。”

“不能抽烟，我有点忍不住。”

“可以抽呀，你随便抽。”

“那样的话，佐佐木会说我的。”

“因为老爷咳嗽得厉害呀。”佐佐木接过话茬说，“您要是在旁边抽烟的话，老爷会咳个不停的。”

“服务生，请把那个箱子拿到这个房间来。”飒子不管不顾地飞快向单人间走去。

“您的手已经全好了吗？”五子被刚才的场面给震住了，吃惊得直翻白眼，好容易才插上了话。

“好什么呀，现在还疼着呢。”

“是吗？可老太太在信上说您已经好了。”

“我对老婆子是这么说的，要不然她不放我出来。”

飒子从房间里出来了。她脱去风衣，麻利地换上了一件衬衣，又换了一条珍珠项链，还重新化了妆。

“我肚子饿了。老爷子，我们快点去餐厅吧。”

五子他们已经吃过了，所以只有我们三人在餐桌就坐。我专门给飒子要了一杯莱茵葡萄酒。喜欢吃生牡蛎的飒子声称这里的牡蛎产自的矢湾，没有污染，就吃了好多。饭后在大厅里和五子他们聊了一个小时左右。

“饭后可以抽根烟吧，佐佐木，在这儿抽不会呛人的。”

飒子从包里拿出一支 KOOL 抽了起来，她平时都是直接衔在嘴里，今天却稀罕地用起了烟嘴。这是个细长的深红色烟嘴，为了与烟嘴的颜色协调，她的指甲也比平时涂得红，口红也一样。她的手指白皙如玉，她的目的就是在五子面前炫耀一下这红白反差的效果吧。

十三日。上午十点飒子和佐佐木陪我一同前往位于南禅寺下河原町的城山家。这是我第二次去他家，可第一次是什么时候去的，几乎没有印象了。城山家本来住在吉田山，记得当时还经常来往。女婿桑造死后，五子和孩子们就搬到这儿了，此后我就很少来了。今天是星期天，在百货店上班的菊太郎不在家，在京都大学读工科的京二郎在家。飒子说陪着去看墓地也没什么意思，她就不去了，想去四条大街逛逛，在桐田和高岛屋等百货店购物，下午去高雄那边看红叶，可又觉得一人去太无聊，就问谁能给她当导游。京二郎说当导游要比选墓地容易，他要陪飒子去。于是达成一致意见后他们俩先出发了。我、五子、佐佐木三人午饭吃的是瓢亭饭店的“半月”盒饭，吃完饭，决定开车去麓谷的法然院、黑谷的真如堂、一乘寺的曼殊堂一带转转。晚上，飒子他们，还有菊太郎都来嵯峨[①]的吉兆饭店[②]，我们一起共进晚餐。

我的祖上在很久以前是江州[③]商人，从四五代之前开始定居江户。我是在本所割下水出生的，当然是地地道道的“老江户”了。尽管这样，我却不太喜欢现在的东京，反而喜欢京都，因为京都能唤起我记忆中昔日东京的风情。今天的东京变得如此浅薄浮躁、杂乱无章，是何人所为？不正是那帮乡巴佬出身、不了解昔日东京的风貌还自诩为政治家的这类人等共同为之的吗？把日本桥、铠桥、筑地桥和柳桥下面流淌的清澈河水弄成黑乎乎的臭水沟的，不正是那帮家伙吗？那帮家伙全然不知隅田川里银鱼漫游的时代。虽说人死后埋在哪里都无所谓，可我不愿意被埋在像今日东京这样令人不快的、与自己已经毫无缘分的那片土地里。可以的话，我甚至想把祖父母和父母的墓地也迁到东京之外的地方。其实，祖父母和父母现在的墓地并不

① 在京都市右京区大堰川东岸，富有名胜古迹，如天龙寺、大觉寺等。
② 京都的高档饭店，以怀石料理知名。
③ 滋贺县的旧称，位于日本关西地区。

是最初下葬的地方。祖父母的墓地本来在深川的小名木川附近的法华寺，可不久那一带成了工厂区，寺院便迁到了浅草的龙泉寺町，后来因寺院在大地震中被烧毁，又迁到了现在的多磨墓地。也就是说，先人们被埋在东京后即便化成了白骨，还得不停地被迁来迁去。从这点考虑的话，无论怎么说京都是最安全的。虽说祖上是“老江户”了，但很难预料五六代之后的事情。我家祖上归根到底还是从京都一带出来的。而且，如果埋在京都，东京的亲人们也会常来玩的。“啊，爷爷的墓地在这儿吧。”亲人们路过这里时还会给我上一炷香。这儿比多磨墓地要好得多，因为位于北多磨郡的多磨墓地与“老江户”向来无缘。

“您的意思是法然院最合适吧？”五子一边走下曼殊院的台阶，一边说道。

“曼殊院的话太远了，散步时顺道看看都不方便。黑谷的话扫墓时还得爬上那个山坡。”

“我也这么觉得啊。”

“再说法然院如今在市中心，市营电车又从旁边经过，疏水[1]樱花盛开的时节格外热闹。可是一踏进寺院里面，安静而沉寂，使人心情自然而然地平静下来，我觉得这些优点是法然院独有的。”

“我不喜欢法华宗，所以想改成净土宗。不过，能分到墓地吗？”

---

① 京都赏樱的胜地。

“我经常去法然院散步，跟和尚们很熟。前一阵子问过他们，他们说如果有这个意愿的话，可以划给我们一块墓地。还说不一定限于净土宗，日莲宗也行。”

选墓地的事就此告一段落。我们从大德寺向北野走去，再从御室经过释迦堂、天龙寺，到达吉兆饭店。时间尚早，飒子他们和菊太郎都还没到。我们先在别的房间休息了一会儿。不久菊太郎先来了。接着，刚过六点半飒子他们也来了，她说他们先回了趟京都饭店才过来的。

“您等了好久吗？”

“是啊。回饭店做什么？”

“怕晚上冷，就换了件衣服。您也要小心啊，别感冒了。”

飒子大概是想早点穿上在四条大街买来的新衣服吧。她穿了件白色衬衫，上面套着一件镶有银色丝线的蓝毛衣。她把戒指也换了，不知她怎么想的，居然戴着那个招惹非议的猫眼石戒指过来了。

“选好墓地了吗？”

“基本上定在法然院了，寺院那边也同意了。”

“太好了。那您什么时候回东京？”

“你想得太简单了。接着还要请寺院里的石匠来商量墓碑的样式呢，可不能草率了事。”

“您不是一直在翻看川胜[①]那本关于石雕美术的书吗？您说

---

① 川胜政太郎（1905—1978），日本石刻美术研究者。

过墓碑还是五轮塔[1]式的最好呀。”

“想法又变了，总觉得不用五轮塔也行。”

“我可不知道什么样的好，反正与我无关。”

“不对啊，与你——”我欲言又止，赶紧改口，“与你也有很大的关系啊。”

“与我有什么关系？”

“你很快就明白了。”

“不管怎样，请您快点定下来，我想早点回东京呀。”

“为什么急着回去呢？为了看拳击吧。”

“差不多吧。”

五子、菊太郎、京二郎、佐佐木四人的目光不约而同地聚集在飒子左手的无名指上。飒子很坦然，丝毫也不尴尬。她微微侧身坐在坐垫上，猫眼石在她的膝盖上熠熠发光。

“舅妈，这就是叫作‘猫儿眼’的石头吗？”或许是怕冷场吧，菊太郎突然问了一句。

“是啊。”

“这石头都值几百万吗？”

“叫它石头就错了哟，这可值三百万呢！”

“能让外公拿出三百万来，舅妈真有办法啊！”

“菊太郎，拜托你了，不要叫我舅妈啦。菊太郎已经不是

---

① 密教中所宣扬的五种形状构成的塔，按照地轮（四角形）、水轮（圆形）、火轮（三角形）、风轮（半月形）、空轮（宝珠形）的顺序堆建。用作供养塔、墓碑。

小孩子了，不用再叫我舅妈了。再说了，我们只差那么两三岁呀。”

“那该叫什么呀？大三岁也是舅妈啊。”

“别叫舅妈，叫我阿飒就行了。阿菊和阿京都这么叫吧，要不然，就不理你们了。”

“舅妈——哎呀，又叫舅妈了——虽然舅妈说可以，可是净吉舅舅会生气的吧。”

“净吉怎么会生气呢？他要是生气的话，我就跟他生气呀。”

“老爷子可以叫‘阿飒’，让我家的孩子们也这么叫，不太合适吧。那就折中一下，叫‘飒子’吧，这样比较好啊。”五子不悦地说。

医生严禁我饮酒，五子滴酒不沾，佐佐木有点酒量却不敢多喝，而飒子和菊太郎兄弟他们三人喝得起劲，快九点才吃完饭。飒子一人把五子他们送到南禅寺后回到了饭店，因时间太晚，我和佐佐木就住在了吉兆饭店里。

十四日。上午八点左右起床。让店家送来释迦堂旁边的嵯峨豆腐作为早餐，另买两块袋装的豆腐当作礼物带回去。十点左右我叫上五子一起去法然院。飒子说今天要给花见小路的茶室打电话，约上两三个祇园[1]的艺伎去吃午饭，这几个艺伎是今年夏天她和春久同游京都时认识的。午饭后飒子和她们要去

---

① 位于京都东山区八坂神社门前，是京都著名的艺伎花街。

京极的S. Y京映影院看电影，晚上拉她们去跳舞。我去见了五子介绍的那位法然院住持，然后立即让他带我们去看候选的墓地。果然如五子所言，寺院里幽静深邃。以前我也曾在这里几度漫步，没想到喧嚣的都市中竟还有如此幽静之地。这样的景致，哪怕是看上一眼，都感觉垃圾处理场似的东京无法与它相提并论。我认为把墓地定在此处挺好的。回来的路上，我和五子在餐馆的长柜台上简单吃了点东西，两点左右回到饭店。三点，住持介绍的石材店老板来了。五子和佐佐木陪着我，我们在饭店大厅接待了他。

关于墓碑的样式，我有各种方案，却不知用哪个好，正为此犯愁呢。我明知人死后埋在什么形状的石头下已无关紧要，但是还挺在意这个事情，可不是随便埋在一块石头下都行的。现在一般流行的是长方形平板石头上刻着法名或俗名，下面垫有底座，再在上面凿出放香、上供的小洞。这都太平凡、太俗气了，凡事都讲究个性的我当然看不上这个了。与祖父母、父母的墓碑样式不同，虽有些不敬，但我还是想要五轮塔式的。样式也不用太古老，像镰仓后期那种样式就心满意足了。比如，川胜政太郎曾这样描述：位于伏见区竹田内田町的安乐寿院的五轮塔，它的水轮下部呈细腰状的壶形，火轮的翘檐很厚实，风轮和空轮的造型都是镰仓中期向后期过渡时的典型产物。还有位于缀喜郡宇治田原村的禅定寺的五轮塔，它是吉野时代的经典之作，据说这种样式流行于南方的大和文化圈内，我也觉得不错。

这时我心头又生一计。川胜先生的书中写道，在上京区千本上立卖上街的石像寺里有三尊阿弥陀佛石佛，中间的一尊是定印弥陀坐像，左右两侧分别是观音和势至菩萨的立像。这三尊佛像的照片在书上是各自分开的，先是弥陀坐像，再到观世音菩萨和势至菩萨的立像都很精美。观音像多少有些破损，而势至像保存得完好无损。势至像身上的衣饰与观音像一样，从正面的宝冠到璎珞、天衣，甚至光背等都被精雕细刻出来。宝冠正面还刻有宝瓶，势至菩萨合掌而立。书中还写道：“此尊佛像所展示的花岗岩石佛之美实属罕见。（中略）中尊背后刻有记载，该佛像于元仁二年（1225）建造开光。像这样用整块石头把佛像、底座和光背都刻于一处的石佛中，这一尊是全日本最古老的，而且它还是镰仓时代石佛的标准样式。从这点来说，当属宝贵遗产。”我望着这尊石佛的照片，突然产生一个念头。假如把观音像刻成飒子的容貌体态，装成观音或势至，用作我的墓碑，不知是否可行。反正我也不信神佛，也不必墨守成规。对我来说，如果敬仰神佛的话，非飒子莫属。埋在飒子的立像之下是我的愿望。

问题是如何实现这个愿望。既不能让作为原型的飒子知道，也不能让净吉和老伴知道，总之，不能让任何人看出来原型是谁。为了达到这个目的，就不能露骨地临摹飒子的容貌，而是隐约地体现她的气质。石材上我不想用花岗岩，决定用材质较软的松香石。这样可避免线条过于鲜明，尽可能表现得朦胧一些。所有的人都浑然不知，唯有我一人，唯有我一人能够清晰地嗅出飒子的气息。这也未必办不到。但麻烦的是，不能不告诉雕刻者原型是谁。那么，请谁来雕刻合适呢？谁会接受这个有难度的工作呢？技术平庸之辈无法胜任，可不巧的是我身边没有一个雕刻家朋友。即便有这样的朋友，而且他身怀绝技，倘若他知道了我制作石碑的意图，还会心甘情愿地配合我吗？还会乐意帮助我实现这个亵渎神明的疯狂计划吗？这个艺术家越优秀越会断然拒绝吧。（再说，我也没有勇气恬不知耻地乞求人家做这种不光彩的事。人家会以为我这个老家伙可能发疯了，那就自取其辱了。）

我苦思冥想，终于想到了一个大致可行的办法。在石材表面深雕菩萨像的话，需要请技艺精湛的雕刻家，但只是浅淡地进行线雕的话，普通的匠人也能胜任。川胜先生的书里就有一张位于上京区紫野今宫町的今宫神社的四面线雕石佛的照片，且写有“石材约二尺见方，产自加茂川，是一种名为漏石的质地细密的硬沙石，其四面刻有线雕的四方佛，雕刻手法为凿雕”。“佛像建成于平安后期天治二年（1125），是我国石佛中屈指可数的、具有较早的纪年铭文的佛像。”书中还展示了分别刻在四面的四方佛阿弥陀如来、释迦如来、药师如来和弥勒菩萨的坐像拓本。此外还有一幅蜻蜓石线雕阿弥陀三尊石佛之一的势至菩萨坐像拓本，并记载：“如本书插图所示，由硬沙石质地的自然石线雕而成的三尊高大佛像呈来迎[1]姿态。而此

① 佛教徒临终时阿弥陀佛偕菩萨一起前来接引，携往极乐净土。

处仅展示了其中保存得最完好、容貌较清晰的势至像，它作为来迎的弥陀像的侍像，驾云自天而降的微倾身姿甚是优美。合掌跪坐、天衣随风飘逸的样态反映出来迎艺术盛行的平安朝末期的文化氛围。”如来坐像都是像男性那样结跏趺坐，而这尊势至菩萨像犹如女性般双膝并拢跪坐。我深深地被这尊菩萨像所吸引……

十五日。接着昨天的内容继续写。

我不需要四面佛，有势至菩萨一面佛足矣。因此没必要使用四方形的石头，只需要适当厚度的石头，能在它的正面刻菩萨像即可。在背面刻上我的俗名，必要的话再加上法名及享年就行。我不太了解“凿雕”这种雕法。幼时赶庙会，大街上摆出很多卖护身符的摊子，而且卖家在黄铜的护身符上用凿子样的刻刀吱吱地刻上小孩的住址、年龄和姓名等，然后用极细的线条在雕刻处写上字。凿子就是指那样的刻刀吧。要是真的话，似乎也不是很难的技术，而且雕刻者在不知原型是谁的情况下照样能完成雕刻。我先请个奈良一带懂绘画的佛雕工匠，让他仿照今宫神社的四面佛像把线雕的势至菩萨像临摹下来，然后把飒子各种姿势的照片拿给他看，让他含蓄地画出与飒子相似的菩萨的面容、体态和四肢，再把这画像拿给凿石工匠，让他照图制成线雕。这样的话就能完成我所希望的石佛，还不用担心我心中的秘密被别人识破。于是，我便可以躺在飒子菩萨像下长眠了，那是一尊头戴宝冠、胸佩璎珞、身披天衣的飒子石像。

我和石材店老板从下午三点谈到五点，也不管五子和佐佐木在一旁闲坐着，就在饭店大厅里聊个没完。我当然不会把以飒子为原型的事情透露给石材店老板和五子他们，只是凭着从川胜先生书中学来的那点石像美术知识，装出一副博学多才的面孔。例如，有关平安朝和镰仓时期的五轮塔的知识、有关今宫神社的线雕四面佛如来佛像和菩萨像的知识、有关双膝并拢跪坐的蜻蜓石线雕势至菩萨像的知识等等，他们都听得目瞪口呆。然而，飒子菩萨石像的计划却潜藏在我心底深处，对谁都不会透露。

“那么，您最终决定要哪种样式的墓碑呢？您的知识太渊博了，连专家都不如您呢，我就更提不出什么建议了。”

“我自己也不知如何是好，正在犹豫不定啊。现在我又有了新的想法，所以请允许我考虑两三天吧。一旦决定了，请您再过来一趟。百忙之中耽误您的宝贵时间了。”

石材店老板走后，五子也回去了，我回到房间请人来按摩。

晚饭后我突然想起一件事，就叫了辆车要出去。

“这会儿您要去哪儿？夜里太凉，明天行吗？”佐佐木吃惊地阻拦我。

“没事的，就到前面，走着就能到。”

“走着去？那怎么行啊。老夫人再三叮嘱我说，京都的夜晚很凉，要您千万保重身体。”

“我必须要买点东西，你也跟我一起去，五到十分钟就完事。”

我不顾佐佐木的劝阻就出了门，佐佐木慌忙追了出来。我要去的地方是河原町二条东口的笔墨商店竹翠轩，从饭店出发用不了五分钟。我坐在店门口，向熟识的店主人寒暄之后，买了一块中国产的上好朱墨，仅有小拇指大小就花了两千。我又掏出一万买了一面带紫斑纹的端溪砚和二十张镶金边的大开白色宣纸，据说那砚台是已故的桑野铁城①先生使用过的。

“好几年没见了，您还是那么精神啊。”

“哪里哪里，没一点精神了。这次来京都就是找墓地的，省得到时候还得现找。”

“您真会说笑话，瞧您的身子骨还硬朗着呢。——您还需要点什么？有郑板桥的书法，想看看吗？”

“比起这个，我突然有个特殊的请求，您店里有的话能不能卖给我？”

“什么东西？”

“请您帮我找二尺红绸和一团装被子用的棉花。”

“真奇怪，您到底干什么用的？”

“其实，我急着做拓本，需要一个棉包蘸墨。”

“啊，明白了。要做拓本用的棉包呀，这个东西应该有的，我叫老婆去找找。”

---

① “桑野铁城”可能是作者的误写，应该是桑名铁城（1864—1938），日本著名的篆刻家，1898 年到中国学习篆刻技术，著有《九华室印存》等印谱。

两三分钟后店主的太太拿着红绸和棉花从里面出来了。

"这样的东西可以吗？"

"可以，可以。这样就来得及了。多少钱？"

"不用付钱了。这东西有的是，需要的话您尽管开口。"

佐佐木似乎完全猜不透我的用意，愣在一旁。

"好了，办完了，回去吧。"

我迅速钻进了汽车。

飒子还没有回饭店。

十六日。今天一整天都在饭店休息。来京都的这四天里活动量比平时大多了，其间还写了几篇很长的日记，所以我自己也想休息一下。再说，来之前已约定好要给佐佐木放一天假。佐佐木是埼玉县人，从来没到关西旅行过，她早就盼着这次京都之行，还说希望在京都期间能请一天假去奈良看看。我也有自己的盘算，就特意安排她今天去，还让五子给她当导游一同去。五子也好久没去奈良了，我就劝她借此机会去转转。五子性格内向，不太喜欢外出。桑造活着的时候他们夫妇也极少出去旅游。我对五子说起码先去奈良的各个寺院看看，对我下次选择菩提所①肯定能提供参考。我为五子她俩包了一天的车，又嘱咐她们说，中途可以去宇治的平等院，然后再去奈良，必看的景点有东大寺和新药师寺、西京的法华寺和药师寺等。一

① 指家族世代皈依、进行丧葬供奉等事宜的寺院。

日游的日程很紧，有点赶时间，所以要带上海鳗寿司，一大早就出发。上午参观东大寺，结束后就在附近的茶馆吃自带的盒饭。下午去新药师寺、法华寺和药师寺等处转转。现在昼短，所以要赶在天黑前游览完毕，在奈良饭店吃完晚饭再回来，晚点回来也没关系，只要今天回来就行。我这里就不用她们担心了，今天飒子看家，一天都不外出，在我房间里陪我。

早上七点五子乘车来接佐佐木。

“早上好，您总是起得很早啊。”五子说着解开了包袱，从里面拿出两个竹皮卷放在了床头柜上。

“这是昨天买好的鳗鱼寿司，顺便带过来了，给您和飒子当早点吃吧。”

“谢谢。”

“在奈良有什么东西要买吗？吃蕨粉糕吗？”

“不用买了。去药师寺的话，别忘了请个佛足石回来。”

“佛足石？”

“对啊，就是刻在石头上的佛祖的足印，释迦牟尼足印是很灵验的。佛祖行走时脚离地四寸，脚底下的千辐轮相①显现于地面。于是脚下的各种虫子在七日之内可免于灾难。在中国和朝鲜都保存有这种刻在石头上的佛足印，日本的佛足印则保存在奈良的药师寺里，所以你们一定要去拜一拜。”

“明白了，那我们走了。今天一天，我就带佐佐木小姐逛

① 千辐轮相是释迦牟尼，即如来佛的“如来三十二相”之一，描述如来的妙相法身的种种妙处和庄严之处。

逛，您也不要太累了。”

“早上好。”飒子睡眼惺忪，从隔壁来到了我的房间。

“今天实在抱歉，吵醒了少夫人。该罚，该罚！”佐佐木一连串地说了好多客套话，然后和五子一起出门了。

飒子穿着睡衣，外面罩着一件蓝色绣花睡袍，脚穿同样蓝色的绣粉花缎面拖鞋。她不愿意睡在佐佐木的床上，就从自己房间拿来了枕头，把我外出时用的那条白底黑红蓝三色粗格花纹的护腿毛毯盖在腿上，躺在沙发上继续睡觉。她仰面朝天，鼻子冲着天花板，闭着眼睛，也不搭理我。可能是昨夜从酒吧回来太晚了，还没睡够。也可能是怕我跟她唠叨不休，在装睡。我琢磨不透。

我起床后洗了脸，让人把日本茶送到房间，大口地吃起海鳗寿司来。早饭吃三个就足够了。怕吵醒飒子，我尽量轻轻地吃，吃完后，看见飒子仍在睡觉。

我取出从竹翠轩买来的砚台，把它放在桌子上，开始慢慢研磨。我把那块朱墨磨了一半，然后把棉花揉成团，大的直径六七厘米，小的直径约两厘米，再用红绸分别把它们包好，就做成了制拓本用的棉包。大小各做了两个，共四个。

“老爷子，我出去三十分钟就回来，行吗？想去餐厅吃点东西。”不知什么时候飒子醒了。她盘腿坐在沙发上，两只膝盖从睡袍里露了出来。我想起了势至菩萨像的这个姿势。

“不用去餐厅吃了，这里还有寿司呢，就在这儿吃吧。”

“是吗？好的。”

“上次和你吃海鳗，是在滨作吧。好久没有一起吃了。”

“是啊。——刚才您在做什么？”

“没做什么呀。”

“研墨做什么呢？”

“别打听那么多啦，吃你的寿司吧。”

年轻时不经意间耳闻目睹的事情，说不定什么时候就会派上用场。我曾去中国游览过两三次，不仅在中国，在日本各地旅游时也偶尔见到有人在野外拓碑。中国人拓碑的技术甚为娴熟，即使在大风中也照样能用刷子蘸水把白纸快速地拍在石碑上制成完整的拓本。而日本人缜密细腻，他们小心翼翼地用大小不同的棉包蘸上黑墨或黑色印泥，仔细拓印每一条细线，有时用黑墨或黑色印泥，有时也用朱墨或红色印泥。我觉得红色的拓本格外美观。

“我吃好了，谢谢。好久没吃到这么美味的寿司了。”

趁着飒子喝茶的时候，我慢悠悠地对她说：“放在这里的棉花团啊，叫作棉包。”

“干什么用的？”

“拿它蘸上黑墨或朱墨，轻轻拍打碑石表面，就能制成拓本呀。我特别喜欢用朱墨做的拓本。”

“哪有碑石呀？”

“今天不用碑石，用别的东西来代替。”

“用什么？”

“借你的脚用一用，我要在这张白宣纸上用朱墨制作你的脚印拓本。”

“做它有什么用?”

“照着这个拓本来雕刻阿飒的佛足石，我死后就把骨头埋在这块石头下。这才是真正的寿终正寝。”

七

十七日。接着昨天的内容写下去。

我原本不打算告诉飒子为何要取她的脚印拓本，觉得最好对飒子也不要说出自己的计划。——我要把她的脚印刻成佛足石，我死后把骨头埋在这块石头下，以此作为我这个人，即卯木督助的墓碑。但是，昨天我突然改变了主意，觉得还是向她挑明为好。这是为何？为何要向飒子道破秘密呢？

原因之一是想看看飒子知道真相后的反应，她会有什么样的表情？会有什么样的感受？其次是想知道她在清楚事情原委的情况下，看到自己的红色脚印被印在白宣纸上那一刻的心情。对自己的脚感到自豪的她见到自己的脚像佛陀的脚那样被拓印成红色时，定会心生欢喜的。我要目睹她那一时刻的笑颜。她嘴上肯定会说“老爷子的行为不正常”，心里却不知有多高兴呢。再者，我将不久于人世，等我死后，她不禁会想“那个愚蠢的老头就躺在我这双漂亮的脚底下，现在我正踩着那个可怜老头的骨头呢。”或许她能感到几分快意，但更多的应该是恐惧吧。正因为恐惧，想忘却也很难，恐怕她一辈子都无法抹去这个记忆吧。我生前对她百般迷恋，若想死后报复她的话这是唯一的办法。如果真的死了就不会有这种想法了吧，但我不是这样想的。按道理说，人没有了肉体，思想也就不存在了。其实也未必，比如说，可以把我的一部分思想注入她的思想中得以延续生命。当她脚踩石碑，感到“现在我正踩着那个老头的骨头”之时，我的灵魂正在什么地方游荡，我能感受到她全身的重压，还能感受到疼痛，甚至能感受到她脚底肌理的明润光滑。我死了以后也会感受到，不会感受不到的。同样，飒子也会感觉到，我的灵魂在地下心甘情愿地承受着她脚底的重压，她甚至能听见我的骨头在土中相互摩擦、交错、嬉笑、吟诵的声音。这种感觉不光是她脚踩石碑的时候，只要她一想到那块照着自己的脚做成的佛足石，就会听到石碑下骨头的啜泣。我边哭边叫：“疼死了！疼死了！”“疼是疼，可我高兴！无比高兴！远远比在世的时候高兴啊！”“给我使劲地踩啊！再使点劲儿！”……

“今天不用碑石，用别的东西来代替。”刚才我这么说的时候，她问：“用什么？”

我对她答道：“借你的脚用一用。我要在这张白宣纸上用朱墨制作你的足印拓本。”

倘若她真的忌讳这么做的话，应该会面露不悦。然而，她只说了句“这东西有什么用呢？”当她得知要照着自己的足印拓本制作佛足石，还要把我的骨灰埋在它下面之后，也没有发表什么特别的意见。于是我可以确定，飒子非但不反对，还多少有些好奇呢。幸好我的房间是套间，另有一间八张榻榻米大小的日式房间。我怕弄脏榻榻米，让服务生拿来了两条大床单，叠起来铺在榻榻米上，然后我把朱墨、砚台和毛笔放在托盘上端过来，又把搁在沙发上的飒子的枕头拿过来，放在适当的位置以备用。

“来吧，阿飒，一点儿也不费事。你就自然地平躺在这个床单上就行了，其他的事，我来做。”

“这样行吗？朱墨会不会沾到我的衣服上？”

“绝对不会沾到衣服上的，涂朱墨的仅仅是你的脚底。”

她照我说的躺下来，仰面朝上，两腿并拢。为了让我看清楚脚底，她还略微跷起了脚。

这些准备就绪后，我先拿起第一个棉包蘸上朱墨，接着又拿起第二个棉包与第一个棉包对蘸，使朱墨变浅一些。我让她双脚之间间隔两三寸，用第二个棉包从右脚开始仔细地拍打起来，想把每一条纹路都印得清晰可见。

从脚底隆起部分到脚心的接缝处拓起来十分困难。因为我左手不灵便，力不从心，所以更有难度。尽管我保证过“绝对不会沾到衣服上的，涂朱墨的仅仅是你的脚底”，可是连续失败，还是弄脏了她的脚背和睡袍的下摆。屡屡失败，我就用毛巾拭擦她的脚背和脚底，边涂边擦，其乐无穷，兴奋不已。

终于把两只脚都涂好了。我让她先稍微抬起右脚，再从下往上把脚对准宣纸，然后用脚底捺印。试了多次都不成功，没做成我想要的拓本。二十张宣纸全白费了。我给竹翠轩打电话，让他们马上送来四十张宣纸。这回我换了个方法，把她脚底的朱墨全部洗掉，再把脚趾缝逐个擦干净，然后让飒子坐在椅子上。我躺在她脚下面，忍着难受仰着脸往她的脚底拍打朱墨，再让她把双脚踏在宣纸上拓印……

我的原计划是，在五子和佐佐木回来前把事情做完，让服务生把弄脏的床单拿走，将几十张拓过足印的宣纸暂时存到竹翠轩，再把房间打扫干净，装作什么事也没发生。但是，事与愿违，没想到五子她们不到九点就回来了。我刚听到敲门声，还没来得及答应，她们就推门进来了。飒子赶紧躲进了浴室。榻榻米上凌乱不堪，到处都是红色和白色的痕迹。她俩看见这场面，茫然不知所措，面面相觑。佐佐木一声不吭，只测量了我的血压。

“232 啊。”她一脸严肃地说。

……

十七日早上飒子没给任何人打招呼就独自回东京了。我们知道的时候，已是十一点了。早餐时在餐厅没看见她，我以为爱睡懒觉的飒子肯定还在睡觉。谁料想，她那时已经打车朝伊丹[①]奔去了。十一点左右，五子来到我的房间，告诉我：“这下麻烦了”。

“你什么时候知道的？”

---

① 伊丹市位于日本兵库县东南部，大阪国际机场的所在地。

“就在刚才。我本想过来问问今天陪您去哪里，刚来饭店，前台的人就告诉我说，卯木太太刚才一人去伊丹了。”

“胡扯！你早就知道了吧？”

“哪里的话，我怎么可能知道呢?!”

“瞎说！你这个滑头，肯定是你们串通好了。”

“不是的。我也是刚才在饭店听说的。前台的人说，卯木太太说她要瞒着公公坐日航先回去，还叮嘱说她到伊丹之前不要告诉任何人，我也很吃惊。”

“撒谎！你这条老狐狸，一定是你搞鬼把飒子气走了。你和陆子一贯都有挑拨离间的本领啊，我无意中把你这个本领给忘了，真遗憾。”

“哎哟，太过分了！您怎么说出这种话呢！”

“佐佐木小姐。”

“哎。”

“哎什么哎！就连你也是从五子那里听说的吧。你们合起伙来欺骗我这个老人，串通一气把飒子赶走了。”

“您这么想可就冤枉佐佐木小姐了。佐佐木小姐，你暂时去大厅待一会儿，我借这个机会，有几句话想问问老爷子。既然您说我是老狐狸，那我也不客气了，就跟您理论一番。”

“老爷血压高，请您适可而止。”

“好的，好的，我知道。”

下面是五子的话——

“您说是我把飒子排挤走的，这完全是毫无根据的栽赃。

我猜想，飒子先一步回东京，是不是另有原因呢？当然啦，这个原因我不太清楚，可您应该能猜出几分吧。”她冷嘲热讽地说。我回答五子说：“她和春久关系要好，不仅我知道，她自己也公开这么说，她丈夫净吉也知道，可以说现在无人不知。虽说这样，却没有证据能证明他们二人之间有不正当关系，何况也没有一个人相信呀。”

“真的没有一个人相信吗？”五子一阵怪笑，又接着说：“我不知道这么说是否合适，我觉得净吉的想法有点不可思议，假如阿飒和春久之间真有什么的话，净吉不可能视而不见，默许他们交往吧。所以我总觉得净吉自己有了别的女人，阿飒和春久应该都知道的。不对，他们不仅互相默认，还能互相谅解吧。”——五子说到这里，瞬间，我对这个女人的愤懑和憎恶在心头翻滚涌出，简直无法用语言表达。我差点儿没怒吼起来，担心动脉破裂，才强忍着按下怒火。我坐在椅子上，还是觉得眼前发黑，快要倒下了。看见我的脸色不正常，五子也吓得脸色苍白。

“这些话，不要再说了，你回去吧。”我尽量压低声音颤抖着对五子说。我为什么如此生气？是因为她一语道破了那个出人意料的秘密吗？还是因为我自己早有察觉却佯装不知，突然被这个老狐狸给捅破了呢？

五子已离开了我的房间。我昨天一天活动太多，所以脖子四周、肩膀和腰部都疼得厉害。昨天夜里睡不着，又吃了三片卡溴脲和三片镇静药，还让佐佐木在我的后背、肩膀和腰部贴了几块膏药，这才上床休息，但是仍然睡不着。本想让佐佐木给我注射鲁米那，可又害怕睡过头，就作罢了。我决定去追赶飒子，逮个下午的列车赶回东京，便拜托每日新闻报社的朋友帮忙，好不容易才把车票弄到手（我从没坐过飞机）。佐佐木激烈反对，哭着恳求我说，血压这么高，怎么能旅行呢？至少要静养三四天，等血压稳定后再做决定。我根本不听劝说。五子过来向我道歉，说要陪我回东京。我说，看见你就生气，要陪着去的话，你就坐别的车厢……

十八日。昨天下午三点零二分，我乘上了京都出发的回音号列车。我和佐佐木在一等车厢，五子在二等车厢。九点到达东京。老伴、陆子、净吉和飒子四人来站台迎接。他们以为我步行困难，或是出于不让我走路的考虑，还推来了担架车。肯定是五子那家伙打电话让他们准备的。

“干什么呢！荒唐！我可不是鸠山①。”我死活不听，大家束手无策。突然，一只柔软的手拉住了我的右手。原来是飒子的手。

“哎呀，老爷子，您要听我的话啊。”

我顿时安静下来，照他们说的躺到了车上。担架车立刻被推动起来，乘电梯到了地下，穿过长长的、昏暗的地下通道。一堆人跟在担架车后面。车走得太快，大家都吃力地紧跟着。

① 鸠山一郎（1883—1959），日本政治家，1954 年起连任日本第 52 任、53 任、54 任首相，因其上任首相的过程颇为周折，一度有“悲剧政治家”之称。

老伴掉了队，净吉又回去找她。东京站的地下通道之大、岔道之多，令我十分惊讶。我们从丸之内靠近中央口的特别通道出来，看到两辆汽车已候在那里。前面一辆坐三个人，飒子和佐佐木夹着我坐，后面那辆坐四个人，老伴、五子、陆子和净吉。

“老爷子，对不起啊。我没告诉您就回来了。”

“和谁约定好了吧？”

“真的不是。说实话，昨天一天被您折腾坏了，脚底被您从早到晚弄坏了，谁也受不了呀。就这么一天，我就累得筋疲力尽，所以赶快逃跑了。请您谅解啊。”她说话的口气似乎与平时不同，有点装腔作势。

“您累了吧。我十二点二十分从伊丹起飞，两点就到羽田啦。还是飞机快啊。”

……

佐佐木护士看护记录摘选

……十七日晚回京的患者，大概是在京都连日劳累的缘故吧，十八、十九日两天大部分时间卧床休息，但还常去书房补写前几天的日记。然而，二十四日上午十点五十五分发生了这样一件事。

几天前，即十七日下午三点，飒子夫人从羽田机场回到了狸穴的家。夫人到家后马上给净吉打电话，告诉他说由于老人的精神状态越发奇怪，再共处下去，她一天都忍受不了，所以没打招呼独自提前回来了。夫妇俩商量后，瞒着老人去找了在精神科当医生的朋友井上教授，求教该怎么办。教授的意见是，老人的病属于性欲异常，以目前的状态看，还不能说是精神病，只是这样的患者经常需要情欲的安慰。考虑到这已成为老人的精神支柱，必须采取适当的方式来对待他。希望飒子夫人特别注意这一点，既不能让患者兴奋，也不要违背患者的意愿，尽量温顺地照料。据说这是唯一的治疗方法。所以自老人返京以来，净吉夫妇尽可能地遵照教授的意见对待老人。

二十日　星期二　晴

上午八点，体温35.5度、脉搏78、呼吸15、血压132/80，从身体状态来看，未见明显变化。从语言和动作来看，情绪稍有低落。

早饭后患者进了书房，好像准备写日记。

上午十点五十五分，患者异常兴奋地从书房回到卧室，好像还说了些什么，我也听不懂。我扶他到床上，让他躺下。脉搏136，只是情绪紧张，没有心律不齐或心率间歇。呼吸23，患者诉说心悸亢进。血压158/92，他又打手势说头特别疼，面部表情因恐惧而扭曲了。我给杉田医生打电话了，可他没什么指示。每次都是这样，这位医生常常无视护士的观察。

上午十一点十五分，脉搏143、呼吸38、血压176/100。我再给杉田医生打电话，他还是没有指示。我检查了室温、采光和通风。家属中只有老夫人陪在患者房间。我觉得有必要给患者吸氧，便与虎之门医院联系，报告了患者病情，请求输氧。

上午十一点四十分，杉田医生来出诊，我汇报了病情经过。诊察后，杉田医生从药箱里拿出针剂亲自注射。注射的是维生素K、镇静剂和氨茶碱。打完针，杉田医生刚走到玄关，患者突然大叫起来，晕厥过去，全身剧烈痉挛，嘴角和指尖明显青紫。不久痉挛消失，又开始激烈躁动，按都按不住。

大小便失禁。整个发作过程约十三分钟，然后陷入沉睡。

中午十二点十五分，陪护的老夫人说突然头晕，我就让她去别的房间休息。大约十分钟后老夫人恢复正常了。五子夫人负责看护她。

十二点五十分，患者入睡。脉搏 80、呼吸 16。飒子夫人进入房间。

十三点十五分，杉田医生离开，叮嘱要谢绝会客。

十三点三十五分，体温37.0度、脉搏 98、呼吸 18，时有咳嗽。患者全身出冷汗过多，更换睡衣。

十四点十分，亲戚小泉医生来访，我报告病情。

十四点四十分，患者醒来，神志清晰，无语言障碍，诉说脸部、头部和颈部像被殴打一般疼痛。发作前左上肢的疼痛已消失。按照小泉医生的指示，给患者服用一片散利痛和两片卡溴脲。患者确认飒子夫人在场，就静静地闭目养神。到了五十五分，患者自然排尿。尿量 110cc，无浑浊。

二十点四十五分，患者诉说口渴，于是飒子夫人喂了他 150cc 的牛奶和 250cc 的蔬菜汁。

二十三点零五分，浅睡状态。老人已经完全清醒，脱离了危险，但不能排除再次发作的可能性。为了以防万一，大家认为最好去请东大梶浦教授来确诊。虽然已是深夜，净吉还是出去把梶浦教授接过来了。教授诊断后说，这不是脑溢血发作，而是脑血管痉挛，现在不用过于担心。然后指示，一天两次早晚各注射 20cc 20％的葡萄糖、100cc 维生素 B1、500cc 维生素 C，睡前三十分钟服两片卡溴脲和四分之一片索尔本。教授又嘱咐了详细的注意事项，如下：今后两周内要保持静养，最好谢绝会客；暂停洗澡，趁状况良好时再洗；即使能下床，也要先在屋内走动，根据身体情况，选择天气好的时候可以在院子里散散步，但严禁外出；尽可能让患者的精神模糊一些，绝对不要让他深思、钻牛角尖和写日记等等。

胜海医生病床日记摘选

十二月十五日　晴间浓雾转晴

主诉：突发性胸闷。既往病史：三十年来血压高，高压150—200，低压70—95，最高时高压达到240。六年前患中风，之后有轻度行走障碍。最近几年来左上肢特别是手腕以上经常神经性疼痛，受凉后更厉害。年轻时得过性病，海量饮酒，最近只能喝两小盅。昭和十一年后戒烟了。

现病历：大约从一年前开始心电图显示ST段下降，T波低平，怀疑是心肌损伤，但最近心脏并没有不适感。十一月二十日突然出现剧烈头疼、痉挛及意识不清，梶浦教授诊断为脑血管痉挛。按照他的指示进行治疗，病情稳定下来。但是三十日那天，患者与他讨厌的女儿发生了争吵，当时左前胸感到轻度胸闷，持续了十几分钟。之后同样的症状经常发作。当时的心电图与一年前相比未见明显的变化。十二月二日夜里，由于患者排便时用力过度，心脏剧烈疼痛长达五十多分钟，于是叫来了附近的医生。第二天查了心电图，怀疑心脏前壁中隔梗死。五日晚上又出现了同样的发作，持续了十几分钟。其后，每天都有小型的发作。患者本来就便秘，排便后更容易发作。到目前为止，医生对于发作的处理都是让服用P剂、Q剂、吸氧、注射镇静剂和罂粟碱等。十二月十五日住入本科室（东大内科）A号病房。听了主治医师和少夫人对病情的介绍后做了初步诊察。患者偏胖、贫血、无黄疸症、下肢轻度浮肿。血压150/75、脉搏90，略快但均匀。颈部未见静脉曲张，胸部的两侧肺下叶可见轻度湿性啰音，心脏不肥大，大动脉瓣膜口可见轻度收缩期性杂音，腹部触摸不到肝、脾。右侧上下肢有轻度活动障碍，但并非少气无力，未见异常反射。双腿的膝盖腱反射减弱程度相同。

脑神经领域未见异常。家属介绍说患者语言表达正常，而患者本人说自中风以来有些不太正常。主治医师S先生提醒说，患者比一般人对药物敏感，常用药量的三分之一或二分之一即可见效，如使用普通剂量，药力会过猛。少夫人说以前因静脉注射发生过痉挛，所以不宜进行血管注射。

十六日　晴间多云

或许是住院后安心的缘故，昨晚患者没有发作，睡眠很好。早上患者说上胸部有轻微气闷的感觉，每次几秒。可能是神经性的。为防止便秘劝患者服用泻药。患者也意识到这点，已专门从德国买来了拜耳公司生产的名为“Istizin”的泻药开始服用。由于患者长年患有高血压和神经痛，对药物格外熟悉，新来的医生稍有不慎就会被他教训。病床周围放着各种各样的药，不用开处方，告诉他从中拿出P剂和Q剂继续服用就行。再发作时让他口含自己带来的硝酸甘油片即可。患者枕边备有吸氧器，以便能马上注射。血压142/78，心电图这三天来几乎同样，可见ST-T异常和疑似前壁中隔梗死的症状。胸部X光片未见心脏肥大，但显示动脉硬化。血沉加快，白细胞增多，未见S-GOT值上升。患者说以前就有前列腺肥大，排尿困难，尿液浑浊。但今天尿液透明，无蛋白，尿糖呈弱阳性。

十八日　晴转阴

住院以来还没有剧烈发作。发作的症状主要是上胸部或左前胸部感到气闷，但持续几分钟以上的情况很少。受凉后神经就疼，还容易引起心脏病发作。病房的暖气不够暖和，家属便拿过来了两三台电炉和燃气炉。

二十日　阴转晴

昨夜八点左右，患者从心窝到胸骨背面感到气闷，持续了三十分钟。值班医生给他服用了硝酸甘油片，注射了镇静剂和冠脉扩张剂，立即缓解。心电图与上次相比没有什么变化，血压156/78。

二十三日　晴间多云

每天都有轻微发作。由于尿中带糖，今天早饭让患者多吃米饭和菜，然后测量血糖值，检查是否有糖尿病。

二十六日　星期日　晴间多云

下午六点左右，医院来电话让我过去，说患者左前胸发生剧烈的胸闷，持续了十几分钟。我让值班医生做了紧急处理，下午七点左右赶到医院。血压 185/97，脉搏 92，均匀。打了镇静剂后，患者很快安静下来。多在星期天发作，可能是因为主治医师不在而感到不安。发作时伴有血压升高的倾向。

二十九日　晴间浓雾后转晴

近几日没有剧烈发作。矢量心电图也有前壁中隔梗死的迹象。梅毒血清检验呈阴性。决定从明天开始使用刚从美国进口过来的新型冠脉扩张剂 R。

昭和三十六年一月三日　晴转阴再转雨

大概是新药见效的缘故吧，病情有所好转。尿液浑浊起来，显微镜下白细胞剧增。

八日　晴间浓雾后转晴

泌尿科 K 教授来会诊。由于前列腺肥大及残尿导致的细菌感染，K 教授建议进行前列腺按摩和服用抗生素观察治疗。心电图显示心脏状况稍有改善，血压 143/65。

十一日　晴间多云

患者诉说两三天前开始腰疼，越来越厉害，正在腰疼难忍之时，下午两侧胸部又发生揪心似的疼痛，持续了十几分钟。这是最近最厉害的一次发作。血压 176/91，脉搏 87。服用硝酸甘油片、注射冠脉扩张剂和镇静剂之后很快缓解。从心电图上没有发现新的病变。

十五日　晴

根据昨天的 X 光片结果，可诊断为变形性椎关节强硬。最好不让患者的腰部弯曲，所以在他腰下要垫上熨衣板，以防止躺在床上时身体下陷。

中略

二月三日　晴

心电图显示明显好转，最近连小型发作也几乎没有。照此下去，近日可出院。

七日　晴间多云

病愈出院。今天是二月中少见的暖和天气。此病最忌讳着凉，所以选择午间暖和时间用空调车护送回家。听说在卯木家已经先用大炉子把主人的书房烘暖和了。

城山五子手记摘选

去年十一月二十日，因脑血管痉挛而病倒的父亲，不久又患上了心绞痛和心肌梗死。同年十二月十五日住进了东大医院，在胜海医生的治疗下终于脱离了危险。入院五十多天，在今年二月七日出院，回到了狸穴的家中。但是心绞痛并未痊愈，此后也时有轻微的发作，至今还在服用硝酸甘油片。从二月到三月间，父亲没有走出卧室一步。佐佐木护士在父亲住院期间在家照看母亲，父亲出院后又接着看护父亲，从一日三餐到大小便都要照料。阿静有时来帮忙。

最近，京都的家里也没什么事，所以我就在狸穴的娘家住了一个半月，代替佐佐木护士照顾母亲。父亲看见我就生气，所以我尽量躲着他。这一点，陆子和我一样。

飒子的立场很微妙，也很为难。按照井上教授的叮嘱，她尽量要对父亲表现出温顺的态度。但过于温顺或长时间在枕边伺候的话，父亲就会激动、兴奋。飒子离开病房后，父亲常会发作。但如果她每天不去病房转几趟，病人就会介意，结果会导致病情恶化。

与飒子一样，父亲的心理状态也很微妙。心绞痛发作时伴有剧烈疼痛，父亲尽管说不怕死，却害怕死前肉体的痛苦，所以父亲尽力避免与飒子过于亲近，但是又不能完全不见。

我没有去过净吉夫妇住的二楼。不过，听佐佐木说，飒子近来好像不和丈夫睡在一个房间，而是搬到了客房里。她还说春久有时偷偷地钻上二楼。

我回京都后，有一天，突然父亲打来电话。我还以为什么事呢，原来是让我帮忙。他说前些天飒子的足印拓本存放在竹翠轩，让我去取出来，交给上次见的那个石材店老板，让他照着拓本刻成佛足石。又接着说，据《大唐西域记》记载，释迦佛祖的足印至今仍遗留在摩揭陀国，其足长一尺八寸、宽六寸，足底有轮相。飒子的足底下不刻轮相也行，但长度要照着那样放大到一尺八寸，让我一定对石材店老板这样要求。这种荒诞无稽的要求，我根本说不出口，所以我搪塞着挂断了电话。

过了一会儿，我打电话回复父亲："石材店老板正在九州旅行，说是过几天再回话。"几天后，父亲又来电话说，既然那样就把拓本全部寄到东京。我照办了。

不久，佐佐木护士来电话告诉了我拓本寄到东京后的情况。她说父亲费尽心思地从十几张拓本里挑选出四五张样子好看的，每天都要一张张地不厌其烦地看上几个小时。担心他再兴奋，可又不能阻止他。比起直接摸飒子来说，这样能让他满足也不错，于是就随他去吧。

四月中旬以后，天气好的时候父亲能在院子里散步二三十分钟了。一般由护士陪着，偶尔飒子也会拉着他的手出来散步。

这时候，曾许诺为飒子而建的游泳池已经开工了，院子里的草坪都被铲掉了。

“就算建好了也没用啊，反正一到夏天老爷子白天也不能到户外走动。太浪费了，还是停工吧。”飒子说。

净吉答道：“父亲只要看到游泳池如期开工，就会浮想联翩的。再说了，孩子们也都盼着呢。”

谷崎潤一郎
瘋癲老人日記

图书在版编目（CIP）数据

疯癫老人日记 / （日）谷崎润一郎著；张文宏译
. —上海：上海译文出版社，2022.10
（谷崎润一郎作品系列）
ISBN 978-7-5327-9032-6

Ⅰ. ①疯… Ⅱ. ①谷… ②张… Ⅲ. ①中篇小说—日本—现代 Ⅳ. ①I313.45

中国版本图书馆 CIP 数据核字（2022）第 153625 号

疯癫老人日记	[日] 谷崎润一郎　著	出版统筹　赵武平
		责任编辑　缪伶超　许明珠
瘋癲老人日記	张文宏　译	装帧设计　尚燕平

上海译文出版社有限公司出版、发行
网址：www.yiwen.com.cn
201101　上海市闵行区号景路 159 弄 B 座
上海宝山译文印刷厂有限公司印刷

开本 890×1240　1/32　印张 5　插页 2　字数 72,000
2022 年 10 月第 1 版　2022 年 10 月第 1 次印刷

ISBN 978-7-5327-9032-6/I·5615
定价：40.00 元